Candaya Narrativa, 6
NOCILLA DREAM

Diseño de la colección: Francesc Fernández
© Fotografía de la cubierta: A. Fernández Mallo
© Prólogo: Juan Bonilla

© Agustín Fernández Mallo
7ª edición, mayo de 2010
© Editorial Candaya S.L.
    Sant Josep, 12
    08360 Canet de Mar (Barcelona)
    candaya@candaya.com

ISBN-13: 978-84934923-6-6
ISBN-10: 84-934923-6-1
Depósito legal: B. 25.416 - 2010

AGUSTÍN FERNÁNDEZ MALLO

NOCILLA DREAM

Prólogo
Juan Bonilla

EDITORIAL CANDAYA

Agustín Fernández Mallo, Carson City, NV, 2006.

Prólogo

RIZOMA

"Un rizoma no comienza y no termina, siempre está en el medio, entre las cosas, es un ser-entre, un intermezzo. El árbol es filiación, pero el rizoma es alianza, únicamente alianza. El árbol impone el verbo "ser", pero el rizoma tiene por tejido la conjunción "y... y... y...". En esta conjunción hay fuerza suficiente para des-enraizar el verbo ser (...) Entre las cosas, no traza una relación localizable y que va de uno a otro, y recíprocamente, sino una dirección perpendicular, un movimiento transversal que lleva uno al otro, arroyo sin comienzo ni fin, que corroe sus orillas y toma velocidad entre las dos."

Lo dicen Deleuze y Guattari en la introducción de *Mil mesetas*. Y Agustín Fernández Mallo parece haber tomado buena nota de ello para componer este "arroyo sin comienzo ni fin" que es una de las aventuras más arriesgadas de la narrativa de los últimos años. Pero vayamos por partes.

Agustín Fernández Mallo ha llamado la atención del estrangulado mundillo poético con su *Poesía Postpoética* que trata de llevar al límite la creación posmoderna entendida como un ensamblaje de las actividades culturales y científicas (los principios teórico fundacionales del movimiento se publicaron en la revista *Contrastes*, abril de 2003, y asimismo en la revista *Lateral*, diciembre de 2004, con el título "Hacia un Nuevo Paradigma: Poesía Postpoética" y en la revista *Quimera*, julio-agosto de 2006, "Poesía Postpoética. Un diagnóstico. Una Propuesta"). Según propia declaración entiende la Poesía Postpoética como "una red de redes en continua experimentación y expansión, y al poeta, como un laboratorio". Esta manifestación sirve bien a los intereses de su primera novela, que viene a extender el campo de sus intereses y sus experimentos. Porque, será obvio para el lector que se adentre en el texto que sigue, la novela de Fernández Mallo tiene a bien ser venturosamente experimental. Red de redes. Rizoma. Arroyo sin fin. Se diría que todo cabe aquí, que el autor va encuadrando momentos, sensaciones, paráfrasis, utilizando herramientas que la narrativa rara vez se atreve a usar: las técnicas del collage –y es evidente la huella de Walter Benjamin–, el zapping. Dota al relato de una aceleración que imprime en las imágenes que van pasando por las ventanillas del vehículo en el que el lector va montado desde las primeras páginas, una sensación de real irrealidad, de borrosa nitidez. ¿Quién narra aquí sino, precisamente, un serentre, un intermezzo, un ojo que va acaparando noticias, emulsiones, rostros? Lo mínimo que se le puede pedir a una narración es que traslade su pálpito a quien la consume, a quien la crea restituyéndole algo del sentido que le dio quien la creó. Y en ese sentido Fernández Mallo sabe cómo contagiar la velocidad de lo escrito y va haciéndonos saltar por los fragmentos de su novela con una insólita sensación de vértigo. Éste es uno de los logros principales de su novela.

Otro de los logros que es imposible no apuntar es el riesgo que ha decidido correr el autor de esta novela: riesgo que, vale decir, caracteriza a todo lo que hace, proyectos nada tímidos que, con la euforia de quienes no piensan ceder ante el cansancio, han revitalizado en nuestros tiempos la apuesta de la vanguardia literaria, tratando de abrir sendas, de aventurarse por caminos no trillados. Ese riesgo consiste esencialmente en que los lectores habituados a las narraciones que se estilan entre nosotros, al adentrarse en ésta pueden no saber a qué atenerse, pueden perder pie, porque literalmente ésta es una novela que constantemente te va dejando "en el aire". Harán bien en insistir. La operación que propone la poética en la que se sustenta esta novela debe mucho no sólo a la teoría del rizoma –aquí con unos escenarios y personajes que pueden soportar sin pesadumbre la etiqueta *indie*– que se ha citado al principio, sino también a grandes proyectos vanguardistas como el libro de París de Walter Benjamin (que tal vez inventara el zapping literario en los años treinta). Pero no pretendo revestir la apuesta de Fernández Mallo con bibliografía prestigiosa. Ya se ha encargado él, aquí y allá, de hacer sus reivindicaciones y sus explosivas consideraciones sobre el panorama actual de nuestra literatura ("el 99 por ciento de la poesía española es muy mala"). Más allá del ruido –mínimo– que consideraciones tan tajantes puedan hacer hoy en día –el ruido general es siempre mucho mayor y lo tapa casi todo: es muy difícil causar ningún tipo de susto o reacción a no ser que se embarque uno en la composición de caricaturas de Mahoma–, tampoco sería justo que jugaran contra un autor que tiene claro adónde va y que trata de renovar los modos de encarar la ficción.

Sé poco de Agustín Fernández Mallo, apenas que es científico, que su curiosidad le permite asomarse a mundos de los que la literatura rara vez extrae toda la sustancia que pueden prestar, y que su haiku favorito es la fórmula matemática de Einstein, o sea:

$$E^2 = m^2c^4 + p^2c^2$$
$$\text{Si } p = 0 \text{ (masa en reposo) entonces}$$
$$E = mc^2$$

La capacidad de encontrar plenitud y belleza en realidades que suelen pasar desapercibidas para nuestra poesía o nuestra narrativa, es uno de los baluartes de su obra. Ésta que aquí sigue es la primera pieza de una aventura narrativa, *Proyecto Nocilla*, que no debería pasar desapercibida.

JUAN BONILLA

NOCILLA DREAM

—¿Has vuelto a leer algún libro de Raymond Carver?
—¿Leer? No, no leo, no (se pone a reír inesperadamente). Veo muchos DVDs.

Entrevista a Daniel Johnston,
Rockdelux, nº 231

Escribir es intentar saber qué escribiríamos si escribiéramos.

Marguerite Duras

1

Podemos definir los ordenadores como máquinas de triturar números. Podemos pedirles que nos den la posición exacta dentro de 100 años de un satélite, o que pronostiquen las subidas y bajadas de la bolsa por un período de un mes. Nos darán la información en pocos segundos. Pero tareas que no revisten complejidad para los seres humanos, como reconocer rostros o leer textos escritos a mano, resultan muy difíciles de programar y de hecho aún no están satisfactoriamente resueltas. Parece ser que nuestra red de neuronas cerebrales sí contiene los mecanismos necesarios para realizar esas operaciones. De ahí el interés en crear computadoras inspiradas en el cerebro humano.

B. Jack Copeland & Diane Proudfoot

2

En efecto, técnicamente su nombre es US50. Está en el Estado de Nevada, y es la carretera más solitaria de Norteamérica. Une las localidades de Carson City y Ely atravesando un desierto semimontañoso. Una carretera en la que, hay que insistir, no hay nada. Exactamente nada. 418 km con 2 burdeles en cada extremo. Conceptualmente hablando, en todo el trayecto sólo una cosa recuerda vagamente a la presencia humana: los cientos de pares de zapatos que cuelgan de las ramas del único álamo que allí crece, el único que encontró agua. Falconetti, un exboxeador que venía de San Francisco, se propuso hacerla a pie. Había llenado la mochila verde del ejército con mucha agua y un mantel para extenderlo en las cunetas a la hora de comer. Entró en una tienda de comestibles de Carson City, un supermercado con 5 estanterías, cortas, ridículas, Un muñón si esas 5 estanterías fuesen 5 dedos, pensó. Compró pan, una gran cantidad de sobres de buey liofilizado y galletas de mantequilla. Comenzó a caminar hasta dejar atrás el arrabal de la ciudad y entrever al fondo el recorte del altiplano. El asfalto, carnoso, se hundía bajo los 37 °C del mediodía. Pasó de largo ante el Honey Route, último burdel antes de dar comienzo el desierto, y Samantha, una morena teñida que se hacía las uñas de los pies a la sombra del porche, lo saludó de la misma manera que había saludado siempre a coches, peatones y camiones, sin otro propósito que desear la buena suerte, pero esta vez además añadió, ¡Si ves a un tipo en un Ford Scorpio Rojo que viaja solo hacia Nueva York, dile que vuelva! Falconetti apretó play en el walkman e hizo como que no la oía. Instintivamente aceleró el paso y hundió aún más el pie en los 37 °C de asfalto. Hacía casi un mes que había salido de San Francisco, rebotado del ejército. Allí, en el ejército, había leído la historia de Cristóbal Colón, y habiendo quedado fascinado por la osadía de éste se propuso hacer lo mismo pero en sentido contrario: ir de Oeste a Este. Nunca antes había salido de San Francisco.

3

Desde la primera vez que lo vio se convenció de que por fuerza no podía ser algo bueno, pero tampoco malo. Extraño. Era un zapato, un zapato tirado en mitad del asfalto. No 2, ni 4, ni 8 ni ninguna otra cifra par, sino la cifra impar por antonomasia: 1. Billy The Kid hacía con su padre, escalador profesional, el trayecto Sacramento-Boulder City, y estaba acostumbrado a ir amarrado en la parte de atrás de la furgoneta entre cuerdas de 11 mm, arneses Petzl y abundantes mosquetones. El padre, Billy a secas, improvisaba un arnés para el crío y con dos mosquetones a ambos lados de la cintura lo sujetaba a fin de que no se diera trompazos en las curvas. Billy The Kid iba feliz. Aquel día habían salido temprano para llegar a tiempo a la 3ª Competición de Escalada Deportiva de Boulder City, en la que el padre participaba. Desayunaron en la primera estación de servicio que encontraron. Tomaron el clásico café con tostadas de cacahuete fritas a la cerveza y mermelada, y Billy the Kid, mientras revolvía el descafeinado que aún quedaba en el fondo de la taza, se acordó de su madre, pocas horas antes, cuando en la entrada de la urbanización, y tomada por una belleza que al crío le pareció definitiva,

18

le apretó la cabeza contra su pecho antes de darle un beso. Como cada domingo, Conduce con cuidado, le había dicho al padre despúes de también besarlo. Dormitaba en la parte trasera de la furgoneta cuando se despertó y, a lo lejos, quieto en el asfalto como un conejo sin camada, paralizado por una incertidumbre que es imán para la soledad, lo vio, un zapato de tacón, marrón quizá por la tierra del desierto, o quizá porque de verdad fuese marrón. Ni 2, ni 4, ni 6, ni 8, ni ninguna otra cifra par.

Pensó que el amor, como los árboles, necesita cuidados. No entendía entonces por qué cuanto más fuerte y robusto crecía el álamo que tenía en sus 70.5 acres, más se venía abajo su matrimonio.

Es lógico, en un burdel hay chicas de todas las clases, y más aquí, en el desierto de Nevada, cuya monotonía, la más árida del Medio-Oeste Americano, hay que paliar con determinados exotismos. A Sherry la están maquillando en el backstage improvisado en la parte de atrás, junto al antiguo pozo ahora seco. No se fía del gran espejo enmarcado en bombillas que le han puesto y, como cuando llega algún cliente por sorpresa, echa mano del retrovisor de un Mustang ya casi hecho chatarra. El sol y la nieve lo han ido comiendo desde que allí lo dejó un hombre al que jamás volvió a ver. Se llamaba Pat, Pat Garret. Llegó una tarde de noviembre, con la última temperatura moderada, pidió una chica, la más joven, y Sherry se presentó. Pat tenía una afición: coleccionar fotografías encontradas; toda valía con tal de que salieran figuras humanas y fuera encontrada; viajaba con una maleta llena. Tumbados en la cama, mientras miraba un punto fijo de la pared, le contó que después de haber trabajado en un banco en L. A., había heredado inesperadamente, así que dejó el trabajo. Su afición por las fotografías le venía del banco, por culpa de ver tanta gente; siempre imaginaba cómo serían sus caras, sus cuerpos, en otro contexto, más allá de la ventanilla, que también era como el marco de una fotografía. Pero tras haber cobrado la herencia, su otra afición, el juego, lo había llevado a perderla casi en su totalidad. Ahora se dirigía al Este, a New York, en busca de más fotografías, Aquí, en el Oeste, siempre andamos a vueltas con los paisajes, le dijo, Pero allí todo son retratos. Sherry no supo qué decir. Él abrió la maleta y le fue dando las fotos. Barajada en uno de los tacos encontró el inequívoco rostro de su madre. Sonreía agarrada a un hombre que, entendió, era el padre que nunca había llegado a conocer. Cayó sobre el pecho de Pat y lo abrazó fuertemente. A partir de ahí, él se quedó muchos días más, ella ya no le cobraba, le preparaba la comida y no salían de la habitación. La noche en que Pat se fue el Mustang no le arrancó, pero consiguió parar a un camión que iba hacia Kansas. Por la mañana, tras descartar que se hubiera caído al pozo, o que hubiera ido a Ely a por tabaco, ella se puso a esperarlo hasta que anocheció con la vista fija en el último punto divisable de la US50. Cuando ya no pudo más, sentada en el capó del Mustang se echó a llorar. Se repasa los labios en el retrovisor y la maquilladora le avisa, ¡Salimos al aire en 1 minuto! Nevada TV hace el especial *Prostitución en Carretera*. Acercan el micro y le preguntan, ¿De qué cosa te sientes más orgullosa, Sherry? El amor es un trabajo difícil, contesta, amar es lo más difícil que he hecho en toda mi vida.

6

En el momento en que sopla el viento del sur, aquel que llega de Arizona y remonta los diferentes desiertos semihabitados y la docena y media de poblados que con los años se han visto sujetos a un éxodo imparable hasta decaer en poco más que en pueblos-esqueleto, en ese momento, justo en ese momento, los cientos de pares de zapatos que cuelgan del álamo se someten a un movimiento pendular, pero no todos con la misma frecuencia, dado que los cordones por los que están sujetos a las ramas son de una longitud muy diferente en cada uno de ellos. Visto a una cierta distancia es, en efecto, un baile caótico en el cual, pese a todo, se intuyen ciertas reglas. Se dan fuertes golpes los unos contra los otros, y súbitamente cambian de velocidad o trayectoria para finalmente regresar a los puntos atractores, al equilibrio. Lo más parecido a un maremoto de zapatos. Este álamo americano que encontró agua se halla a unos 200 km de Carson City y a 218 de Ely; merece la pena llegar hasta él sólo para verlos detenidos y a la espera del movimiento. Zapatos de tacón, italianos, chilenos, deportivas de todas las marcas y colores (incluso unas míticas Adidas Surf), aletas de buceo, botas de esquí, botitas de niño o botines de charol. Cualquier viajero puede coger o dejar los que quiera. El árbol es para los habitantes de las cercanías de la US50 la prueba de que hasta en el lugar más remoto del mundo hay vida más allá, no de la muerte, que ya a nadie importa, sino del cuerpo, y de que los objetos, enajenados, por sí mismos valen para algo más que para lo que fueron creados. Bob, el dueño de un pequeño supermercado de Carson City, se para a unos 50 m. De lo más próximo a lo más lejano, enumera lo que ve: primero la llanura muy roja, después el árbol con su alambicada sombra, más allá otra llanura menos roja, decolorada por el polvo, y al final el recorte de las montañas, que le parecen no tener profundidad, planas, como una de aquellas pinturas lacadas de paisajes chinos que había en el restaurante Pekín-Duck, ahora cerrado, frente a la Western Union, piensa. Pero sobre todo, al ver esa superposición de franjas de colores, la imagen que le viene a la mente con más nitidez son los estratos de diferentes colores que forman los productos apilados por capas horizontales en las estanterías de su supermercado. A media altura hay un lote de bolsas de patatas fritas al bacon que traen como obsequio, amarradas con celo, unas latas circulares de galletas de mantequilla danesas; en cada tapa aparece el dibujo de un abeto con bolas de navidad colgando; no lo sabe. Ambos árboles están empezando a combarse.

7

Uno de los problemas más grandes a los que se enfrentan los hoteles es el hurto de pequeños objetos. Se calcula que las grandes cadenas hoteleras pierden al año más de medio millón de toallas, pérdida que ya dan por asumida, al igual que bolígrafos, ceniceros, champú, kits de costura, cepillos de dientes y todo tipo de artículos de baño. Pero también desaparecen vajillas y cuberterías casi al completo, picaportes, toalleros, espejos, juegos de cama, lámparas de diseño, centros de flores reconvertidos en un buen regalo de última hora, plantas con su macetero, alfombras y teléfonos fijos. A cambio, los clientes se olvidan relojes, loros que hablan varios idiomas, urnas con las cenizas de un ser querido, pendientes, collares, lencería de alta calidad, brazos ortopédicos, lentillas, muñecas hinchables, libros de toda clase, juguetería adulta diversa, informes de los servicios secretos de varios países, y hasta cocodrilos vivos dentro de maletas de piel cocodrilo. La cadena de hoteles *Houses Of America*, tras declarar la amnistía a todos quienes en sus 62 años de existencia se han ido con algún objeto en la maleta, ha decidido intentar recuperar sus pertenencias de forma pacífica, y para ello ha creado el primer Museo de Objetos Encontrados, con sede en Los Ángeles y en Chicago, aunque también se encuentra el catálogo en Internet. En ellas se exponen de forma permanente todos esos objetos que los clientes se han ido olvidando, para que quienes tengan en su casa alguna pieza hurtada del hotel elijan la que le guste del catálogo y de esta manera permutar la una por la otra. Pero, *y se fue poniendo el sol en la recepción del hotel. Hasta que la penumbra, [sintética repetición de la noche sólo accesible a fenómenos interiores] soldó al vacío del vestíbulo los cuerpos de los que entraban y salían. Al botones lo cogió con la mano extendida. Obtuvo la muerte. De la novela.*

8

Deeck es un internauta danés. Esto carece de importancia porque los internautas no tienen patria. Nació y creció en Copenhague, pero se trasladó a los 18 años a un pueblo industrial, en el cabo más al norte, que abastece de hombres a la mayor fábrica de galletas del país. Trabaja en el turno de tarde y por las noches navega la red o diseña páginas web para él mismo sin otra finalidad que reírse satisfactoriamente de sí mismo. Se lo toma muy en serio. Vive solo. Ahora que han prohibido fumar se ha aficionado a fumar. Comenzó haciendo una web en la que exponía las fotografías de sus peculiares cuadros, hechos éstos únicamente con chicles masticados que iba pegando al lienzo. Desarrolló dos líneas estéticas.

1) Paisajes nórdicos: naturalezas nevadas con, como mucho, el arquetipo de una ciudad o una persona al fondo. Para eso nada mejor, aseguraba, que los chicles tecnológicos, planos, sin puntas, casi conceptuales, sin azúcar, como la Menta de Trident, que masticada parece casi blanca, con una intención crema para la nieve sucia de los altiplanos, y la Menta de Orbit, verde pálido, masticada 3 minutos, para las emersiones de hierba que

motean la nieve o los abetos del fondo. O el también Trident Special de clorofila a la hierbabuena, de un verde casi marrón tras 4 días de mascado, al que además se le forman una colección de gránulos muy apropiados para representar figuras que requirieran textura, como las humanas muy alejadas o ciudades también casi esquemáticas.

2) Rubias explosivas: para éstas se valía de chicles gruesos, de kiosco, muy azucarados, infantiles [por eso a los niños les gustan mucho las rubias, pensó un día antes de acostarse]. Entonces, los chicles de banana Bang-Bang muy poco masticados para el pelo rubio, los de fresa ácida Cheiw muy masticados para la carne del pecho, y esos mismos apenas metidos en la boca, tras la inmediata reacción con la saliva, para las piernas más agranatadas, o los de Coca-Cola para los labios, ojos y pezones, están entre la materia prima más usada. En la web donde exponía sus cuadros, mediante un link de Datos Técnicos, se accedía a toda esta información. Pero ésa y todas las restantes webs que ha ido creando, las fue abandonando progresivamente por la que constituye desde entonces la única ocupación de su tiempo libre: fotografías encontradas. Gente de todo el mundo le envía por la red cualquier fotografía a condición de que en ella se retraten figuras humanas y haya sido encontrada, especificando el nombre de quien la envía y lugar de aparición. Se levanta de la cama, son las 2 de la tarde. No se ducha para no llegar tarde al turno, que comienza a las 3. Se sienta en la cocina, la formica de la silla está helada; antes ha puesto a calentar café. Se mira

las botas. Ni el día que las compró le gustaban. Se descalza y las tira al fuego de la chimenea. Con el tiempo quedarán sólo los hierros destemplados que dan rigidez a las suelas. Coge un piso de galletas de las que fabrican en la cadena y moja en el café; tienen tanta mantequilla que aparece en flotación un archipiélago de espejos. Cierra la lata. En la tapa circular hay dibujado un abeto cargado de bolas de navidad. Enciende un cigarro.

El sistema binario de numeración, 0 y 1, es el medio de computación que utilizan los ordenadores digitales, así como innumerables mecanismos como medio de control. Sus precursores fueron Francis Bacon (1561-1626) y Joseph Marie Jacquard (1752-1834), quien inventó un sistema de control para los telares de su fábrica basado en el código binario. El sistema binario es de un interés fuera de toda duda en operaciones de naturaleza dual: encendido o apagado, verdadero o falso, abierto o cerrado, etc. Un componente de un ordenador o bien se encuentra activo, o bien inactivo. Ésa es la razón por la cual el sistema binario es fundamental en el funcionamiento computacional. Los tejidos comunes de las prendas que vestimos y los circuitos electrónicos tienen semejanzas debido al código binario. En el tejido, el elemento binario es la puntada, que podrá ser con un hilo horizontal sobre otro vertical, o al revés. En el circuito lo que determina el carácter binario es la conductividad eléctrica a su paso por un determinado componente: conduce, o no conduce.

F.G. Healt

Ahora acaba de terminar de hacer las camas, de recoger
la mesa tras el desayuno, y mira insistentemente el reloj
de la cocina. Se ha pintado los labios de rojo mate a juego
con el estampado del vestido. Los zapatos de tacón, marro-
nes y recién comprados, le aprietan. Espera sentada en
el vestíbulo. Con media hora de retraso llega Paul en la
GMC de la empresa. Pasa de largo y la espera al ralentí
dos manzanas más adelante, donde están construyendo
la tercera fase de la urbanización. Éste es el mejor sitio
para esperarte, hoy los albañiles no trabajan, dice él
mientras ya van rodando. Como cada domingo, se van
a comer a North River, una ciudad que linda con
Nevada, y que pasa por tener las mejores truchas del
Oeste. Ante una montaña de peces fritos, que comen
con los dedos, cuentan chistes, anécdotas de la semana,
y no se lamentan por no poder vivir juntos. Después se
besan y la grasa de los labios es un recuerdo que en ella
perdurará toda la semana y en él hasta que use la servilleta. Hoy han modificado la ruta y en vez de ir después
de comer al hotelito de la calle Washington, deciden
hacer kilómetros hacia el sur para ver un espectacular
cañón que hay en las cercanías de la ciudad de Ely, hasta

que, ¡Mira!, dice Paul, ¡El álamo de los zapatos! Y se detienen. Intentan contarlos pero la cantidad y la maraña lo hace imposible. Bájame esos zapatos de estrella de cine, dice ella, O mejor esas botas de esquí para cuando vayamos a la nieve. Te bajo si quieres, dice Paul, Esas otras que están más cerca. No, contesta ella, Más botas de escalada no, gracias. Él la mira y pregunta, Qué tal está el pequeño Billy. Muy bien, responde, Cada día es un niño más encantador, ha ido con su padre a la competición de escalada, en Boulder City. Se hace un silencio conocido; le da una palmada en la espalda a la altura del broche del sujetador, y con un, ¡Vamos!, la conduce de la mano hasta el coche y continúan hacia el cañón. A que con las ventanas abiertas y la música de la radio, dice Paul mientras enciende un cigarrillo, La GMC parece la nave de *Star Trek*. Claro, responde ella con gesto malhumorado: los zapatos le han producido ampollas y los lleva desatados. Reclina el asiento y saca la pierna por fuera de la ventanilla. En un golpe de viento el zapato se desprende del pie. Se echan a reír. En mitad del asfalto, como un conejo sin camada, el zapato marrón queda confundido casi al instante con la polvareda del desierto; ni 2, ni 4, ni 6, sino 1, la cifra impar por antonomasia. Mira fijamente a Paul durante unos minutos mientras él tararea una versión de una versión de otra versión de una de Sinatra.

Al sur de Las Vegas Boulevard, sobrepasando en muchos kilómetros la zona de los casinos, exactamente en el momento en que miras hacia atrás y, como en *El Rayo Verde*, ves por el retrovisor el destello del último casino en el horizonte, te encuentras de frente con un apartahotel de dos pisos de altura de la cadena *Budget Suites of America*. Un cartel anuncia que hay descuentos para quien se quede más de una semana, las mantas van aparte, así que a una inmigrante adolescente puertorriqueña tuvieron que cortarle 3 dedos del pie derecho por congelación el invierno pasado; parece ser que lamentó haberse pintado las uñas el día anterior con una laca muy cara que había comprado en Puerto Rico para ir radiante a las entrevistas de trabajo. Si esa muchacha viviera en Japón, esa reducción de pie significaría una especie de suerte divina a la que sólo las geishas tienen acceso. Si viviera en New York constituiría el signo de inmensa riqueza propio de las señoras de la 5ª Avenida, quienes se mutilan los meñiques de los pies para poder llevar los afiladísimos zapatos de punta de Manolo Blahnik [después meten los dedos resultantes de la mutilación en formol o similar para tenerlos en casa y enseñar a todo aquel al que se le quiera dejar claro el estatus económico y social]. El aparcamiento del complejo está moteado de furgonetas y casas rodantes. Han llegado a constituir un poblado. Cada día es un reto para la promesa que, de una u otra forma, todos se hicieron cuando llegaron: prosperar en Las Vegas. Todo este tinglado es el equivalente al de los carromatos de los pioneros y soñadores que se colocaban en círculo para hacer noche. En los últimos 5 años, este lugar se ha convertido en la frontera real más allá de la cual se extiende la tierra prometida. Todo está aquí tan saturado de sueños que ha devenido un lugar mágico. Rose cuida en un habitáculo de 30 m^2 de sus tres hijos. Hace cada día una ronda por las despensas de las iglesias y los bufets baratos de los casinos. Los utensilios con los que comen y la vajilla descasada son de origen contenedor. Uno de los hijos, Denny, trabajó en una copistería de folletos del negocio del sexo, pero lo echaron porque se masturbaba con demasiada frecuencia en horas de trabajo; el resto ni han llegado a conseguir trabajo. La hermana mayor, Jackie, fue tirando mientras estuvo arrimada a un exboxeador llamado Falconetti. Venía de San Francisco, recién licenciado del ejército, haciendo una quimérica ruta a pie que invertía el viaje de Colón. Estuvo un par de meses con Jackie y antes de irse ella le dio como recuerdo las raídas Nike que llevaba puestas el día en que se conocieron, que había sido haciendo autoestop, en sentidos contrarios, uno frente al otro en la carretera: se habían puesto a hablar porque no pasaba nadie. En la ciudad posmoderna por antonomasia, donde, como es obligado en todo lo *post*, hasta el tiempo flota desprendido de la historia, el índice de criminalidad, sexo y drogadicción en adolescentes ha crecido en los últimos 3 años en un 30,75%. Todo un ramal de autovías parte de Las Vegas Boulevard, para desarrollarse por el desierto en busca del horizonte con una estructura arborescente mientras como frutos extraños le van creciendo multitud de lugares mágicos en forma de apartahoteles. Están viendo la tele y Denny saca del bolsillo un paquetito hecho con papel de periódico que encontró en un contenedor. Ante la mirada de su madre y hermanos lo abre y muestra bajo el flexo tres dedos de pie derecho de un destellante morado opalescente con las uñas pintadas de rojo.

12

Realidad Aumentada: Mediante la adecuada combinación del mundo físico y virtual, se podrá aportar la información perdida, como sucede cuando se recrea la visión de un aeropuerto que tendría un piloto si no hubiera niebla.

Luis Arroyo

13

Hace mucho tiempo [tanto que parecen siglos] hubo un escritor muy importante y famoso llamado Italo Calvino que nos invitó a pensar una ciudad muy bella constituida únicamente por sus canalizaciones de agua. Una maraña de tuberías que [según Italo Calvino] partiendo del suelo suben verticales por lo que serían los edificios, para ramificarse horizontalmente en cada planta en la que se hallaría cada piso. Al final de las tuberías pueden verse lavabos blancos, duchas y bañeras donde inocentemente mujeres disfrutan porque sí del agua. La explicación [según Italo Calvino] es que esas mujeres son ninfas que encontraron en estas tuberías el medio óptimo para desplazarse y así vivir sin obstáculos en su natural acuático medio. A lo que no nos invitó fue a pensar que dentro de cada uno de nosotros existe otra ciudad si cabe aún más compleja; el sistema de venas, vasos y arterias por las que circula el torrente sanguíneo, una ciudad que no posee ni grifos, ni aberturas, ni desagües, sólo un canal sin fin cuya circularidad y constante retorno consolida un "yo" con el que salvarnos de la fatal dispersión de nuestra identidad en el Universo. Un desierto que no avanza, un tiempo mineralizado y detenido llevamos dentro. De ahí que el "yo" consista en una hipótesis inamovible que al nacer se nos asigna y que hasta el final sin éxito intentamos demostrar.

14

Bajo el sobrenombre de Sokolov se esconde la verdadera identidad, hasta ahora irrevelada, de un músico pola-
co afincado en Chicago. Llegó a Norteamérica a la edad
de 10 años a fin de ser criado por su abuela. Tras la
muerte de sus padres en una explosión de gas que derri-
bó gran parte del edificio donde vivían, en Tarnów,
cerca de Cracovia, fue ésa la forma más fácil que su tía
polaca encontró para deshacerse de él. Se había salvado
por estar en ese momento, y como era habitual, en el
sótano del edificio grabando en un magnetófono toda
clase de ruidos excitantes para su infantil cosmogonía.
Dar golpes con una cuchara sobre la mesa al mismo
tiempo que respiraba con fuerza, poner a funcionar el
taladro y simultáneamente recitar sin entender ni una
palabra fragmentos del ejemplar de *El Capital* que el
padre tenía arrumbado en la caja de herramientas, y
cosas así, era lo que le gustaba registrar en una vieja grabadora KVN. Lo habían sacado tras 3 días sin comer ni
beber, cuando ya era dado por muerto. En Chicago creció encajando fácilmente, como todo músico, en una
civilización como la americana, basada en el predominio
del tiempo sobre el espacio. Su misma abuela se había

visto sorprendida por semejante ejemplo de adaptación al medio. Tras estudiar varios años electrónica y ejercer de responsable de los sintetizadores en varios grupos de post-rock locales, sus intereses fueron derivando hacia aquello que le había ocupado en su niñez, la música abstracta y el ruidismo, y así, no era difícil verlo por diferentes barrios de Chicago armado con grabadoras y micrófonos de campo descubriendo texturas de todo tipo en inesperados *instrumentos urbanos*: desde el clásico clac-clac al paso de coches sobre una tapa de alcantarilla mal ajustada, hasta la ventosidad que, de principio a fin del dibujo, emite el bote de *spray* de un grafitero. Después remezclaba y *sampleaba* esos sonidos con otras grabaciones, propias o ajenas, y así fue como comenzó a grabar sus primeros CDs, que después distribuía él mismo por tiendas y mercadillos hasta que una significativa fama de músico de vanguardia lo alcanzó. Milagrosamente, en el momento en que aquella desgracia polaca había acontecido, llevaba una cinta recién grabada en el bolsillo, la cual ha conservado. Con frecuencia la utiliza para extraer e insertar en sus actuales obras sonidos que jamás habrían existido en Norteamérica.

Falconetti llega a las 6 de la tarde al álamo que encontró agua, se detiene bajo su sombra, deja el macuto verde y se tumba apoyando la cabeza sobre él. Mira hacia arriba. El vaivén de tanto zapato lo hipnotiza y se adormila. Cuando se despierta es prácticamente de noche. Ni una luz en todo el radio del horizonte salvo la del infiernillo en el que calienta una sopa liofilizada de buey. Parece ser que el del supermercado se la vendió caducada. La tira. Metido en el saco, se queda dormido mientras mira los destellos titilantes de los ojales de tanto cordón sobre su cabeza. Lo despierta el sol. Extrae unas pequeñas Nike raídas del macuto, anuda la una a la otra y las lanza al árbol. Se quedan prendidas junto a unas botas azules y rojas de esquí. Mientras hace la gimnasia y los estiramientos de todas las mañanas en la parte del árbol donde a esa hora el tronco arroja su sombra, encuentra un preservativo usado.

16

No tienen mucho que ver las palabras *organización* y *organismo*. Organismo es un ente, sea mineral, animal, vegetal o socio-cultural, que vive y se desarrolla por sí mismo, siguiendo únicamente dictados casi siempre espontáneos, complejos e internos; puede considerarse en todos los casos como un ser vivo. Una organización es una entidad burocrática, sea mineral, animal, vegetal o socio-cultural, dependiente de otras que le dictan su desarrollo desde el exterior; en ningún caso puede llegar a considerarse como un ser vivo.

De entre todas la manías, sin duda la más habitual es hacer el amor por las mañanas. A esa hora los hombres siempre quieren y terminan sometiendo a las mujeres. Esto no representa problema alguno si se vive al resguardo de una casa. Ahora bien, imaginemos a una pareja sin techo que se hubiera afincado en mitad de un descampado o un desierto; tendría que ir siempre a la parte de un árbol, arbusto o tapia en la que hubiera sombra para acometer el acto. Con el paso del tiempo inevitablemente quedarían en la tierra las marcas de los mecánicos envites, y al final siempre habría alguien para desarrollar una teoría que pusiera en relación directa esas huellas con la visita de una nave extraterrestre. Esto es lo que le ocurrió a Kent Fall, el alcalde de Ely, cuando una mañana de 1982 vio en la parte en sombra de un álamo que encontró agua, unas señales muy profundas, gestuales y aritméticas, horadadas en la tierra. Arriba, colgando en una rama, encontró 2 pares de zapatos.

18

Hubo una ocasión en la que Sherry se quedó como única chica disponible en el Honey Route. Así, la afluencia de clientes habituales se vio mermada y reducida a los de paso que, una vez dentro y con la cerveza en la mano, ya no se echaban atrás. Como cada lunes, llegó un transportista llamado Clark, el habitual de los licores. Hacía tiempo que le decía, En un momento haces la maleta, total no tienes nada, y te vienes en el camión conmigo. Los repartidores hacen la ronda antes del amanecer, así que antes de un amanecer de marzo Sherry metió en el camión su maleta, y Clark ya abrió una cerveza. Él le fue contando que tenía un amigo argentino en las afueras de Las Vegas, en un apartahotel y que podría conseguirle trabajo a ella en la ciudad de pornostar, pues este amigo trabajaba en un club, y que a él ya vería de qué. Fue en ese momento la primera vez que él tuvo intención de besarla; pero no. Sherry había estado en vela casi toda la noche y se fue a la parte de atrás del camión a tumbarse, hojeó un libro que encontró entre unas latas de cerveza, y leyó para sí antes de tirarlo de nuevo, *de cuantos libros he entregado a la imprenta ninguno, creo, es tan personal como esta colectiva y desordenada*

44

colección de textos. J. L. Borges. Buenos Aires, 31 de octubre, 1960. El sol ya estaba alto y Clark abrió otra cerveza, que le pasó a Sherry, y después otra y así hasta la octava con la que, buscando descanso, se pararon debajo de un álamo cargado de zapatos. Sherry había oído hablar mucho del árbol, y del supuesto origen extraterrestre de unas marcas que había en el lado en que al amanecer hay sombra, pero jamás había llegado a verlo. Quizá tanto zapato sea una ofrenda a esos extraterrestres, dijo Sherry dando un salto de la cabina al suelo, De aquí a California no hay más que sectas, en el Honey Route una vez pararon unos que follaban sin follar, era muy raro, sólo me miraban, pero ellos aseguraban que lo estaban haciendo, y me tuvieron así horas, no lo entendí pero pagaron. Se han tumbado debajo del árbol, él la abraza enganchándola por el voluminoso pecho que el silencio y la cerveza hacen aún más voluminoso, pero tampoco la besa aún. Después, con visible emoción, le habla de un libro de Jorge Luis Borges que su amigo argentino le regaló. Lo tengo en la parte de atrás del camión, dice, luego te lo enseño, se titula *El Hacedor.*

19

Un espía quiere enviar el mensaje "El armamento nuclear está ubicado en...". Para ello lo codifica cambiando las letras de la frase por otras que elige al azar: la *e* por la *h*, la *l* por la *k*, la *a* por la *v*, etc. de manera que el mensaje queda: "hk vjtvthbil bñwkhvj...". En caso de que el enemigo intercepte el mensaje, ¿Tiene alguna probabilidad de descifrarlo? Si el mensaje es lo suficientemente largo la respuesta es que sí tiene probabilidades. Porque en cada lengua las letras tienen una frecuencia de aparición en los textos bastante determinada. Sólo hace falta contar el nº de veces que se repite cada letra en la versión codificada, y hacerla corresponder con la letra que en el lenguaje normal posee una idéntica frecuencia de aparición.

Jérome Segal

20

Jorge Rodolfo Fernández es argentino, vive en el apartahotel de *Budget Suites of America*, allí donde el último destello del último casino de Las Vegas Boulevard deja de
verse. Su habitación, situada en la parte delantera, pese a
estar levantada con material de derribo, es de las más
decentes; pertenece a la serie que se construyó con ventanas horizontales y racionalización del espacio estilo Le
Corbusier, ese que con el tiempo se dio en llamar
Internacional. A través de la ventana puede ver las caravanas y furgonetas en el aparcamiento, que dibujan una
especie de crucigrama cromático de magia y miseria,
piensa; y es que aunque trabaje en un club de alterne
recogiendo las copas demediadas que dejan los clientes,
lo que en realidad es, es poeta. Al contrario que sus vecinos, que abarrotan sus habitaciones con todo tipo de
tinglados inútiles y objetos de plástico y colores que van
encontrando en contenedores y en derribos de parques
temáticos u hoteles, su habitación es lo más parecido a
una celda monacal que se pueda dar en territorio norteamericano. Pintada de un gris claro que imita al hormigón,
cuenta con un camastro de patas metálicas, una mesilla
de noche en la que también come, un reducido fogón,

una alacena que él mismo construyó con unos restos de contrachapado, y una silla de madera. Sobre la mesilla de noche hay una foto enmarcada de Jorge Luis Borges. Los lunes no trabaja, así que esta mañana se ha levantado y tras preparar el arroz hervido para toda la semana, que raciona en fiambreras, está sentado y leyendo junto a la ventana para aprovechar el único haz de sol que su trabajo y horario le permiten disfrutar en toda la semana. Pasan vecinos con cubos y perros de un cable, que le saludan. Relee la misma pieza de Borges que lee cada mediodía antes de ir al trabajo, feliz por tener la certeza de haber encontrado el lugar perfecto donde vivir, el secreto lugar del que Borges hablaba, porque además de poeta es, como él mismo asegura, "buscador de lugares de ficción borgianos" ...*En aquel tiempo el arte de la cartografía logró tal perfección que el mapa de una sola provincia ocupaba una ciudad, y el mapa de un imperio, toda una provincia. Con el tiempo, esos mapas desmesurados no satisficieron y los Colegios de Cartógrafos levantaron un mapa del Imperio, que tenía el tamaño del Imperio y coincidía puntualmente con él. Menos adictas al estudio de la cartografía, las generaciones siguientes entendieron que el Mapa era inútil y no sin impiedad lo entregaron a las inclemencias del sol y los inviernos. En los desiertos del Oeste perduran despedazadas ruinas del mapa, habitadas por animales y por mendigos; en todo el país no hay otra reliquia de las disciplinas geográficas.* Jorge Rodolfo ve a lo lejos la última luz del último casino del *Imperio*, cierra los ojos y da gracias al Hacedor por haberle concedido habitar en las ruinas sólo a él reveladas de ese mapa.

La furgoneta se calienta, Es lo malo de estas viejas, dice Kelly, mientras con un gesto de dedos le pide a Christina, que conduce, la bolsa que tiene a su derecha para volver a ver el bikini. Lo compró en una estación de servicio de Santa Bárbara, y no está muy segura: se lo probó en el lavabo ante un espejo de apenas 30x50 cm^2 comido por los gases que fermentan al contacto con la salobre humedad que llega del Pacífico. Las otras dos, también surferas, duermen. Las cuatro son rubias; dos teñidas. Ninguna lleva zapatos, los surferos no necesitan zapatos. De llanura en llanura, los cables de alta tensión se van sucediendo, y esto a Christina, que acelera, le proporciona una sensación de diferida confianza: más allá, al final de esos cables, por fuerza tiene que haber alguien. Kelly se desnuda de cintura para arriba y se pone el sostén del bikini; los pechos, moderados, de 22 años, comban el elástico. Se mira en el espejo de las gafas de sol, que le aumenta los pechos, Como los de Pamela Anderson, se dice. La vigilante de la playa de la serie televisiva que le metió el gusanillo del surf californiano allá a principios de los 90. Pasan ante un cartel que anuncia el desvío hacia la US50, toma la braga del bikini entre sus manos, desliza los dedos por dentro, presiona sobre la licra y a trasluz, sobre las elipses azul-verdosas del estampado, sus manos parecen algas dentro del agua, piensa, las estructuras rizomáticas y arborescentes que observaba hasta que se quedaba sin aire cuando se caía de la tabla. Ahora ya no le pasa, es muy buena surfista y, por un instante, mientras desvía la mirada hacia el surco de la cuneta, echa de menos aquellos comienzos. A lo que en realidad se parece su mano bajo la licra es al guante de un cirujano, pero aún no lo sabe. Hace tiempo que ha amanecido y ahora se nubla, a lo lejos se están formando oscuras espirales de aire. Las sucesivas catenarias que entre poste y poste dibujan los cables de alta tensión le parecen a Kelly olas de un océano ahora esqueletizado y sin algas; nadie sabe por qué se secó. En el CD suena *Karma Police* de Radiohead. Se duerme con la braga del bikini en una de sus manos, pero antes imagina que surfea en las playas del Índico. Se emblandecen los pezones.

Cuando los destinos de Niels y de Frank se juntaron en un laboratorio de la Universidad de Arizona, no podían suponer que su alianza les llevaría tan lejos como a Mozambique. Niels, zoólogo danés especializado en el comportamiento animal, estudiaba ayudado por un plan de cooperación entre universidades cómo amaestrar perros enanos con la suficiente habilidad como para olfatear minas antipersona. No progresaba. Según la simulación que hacía por computación del problema, los perros saltaban siempre por los aires. Demasiado peso. Frank, en aquel tiempo repartidor de HDL, era quien le llevaba diverso material de laboratorio. Su relación se limitaba a la firma que estampaba Niels una vez al mes en el papel autocalco de Frank. Un día Frank le dijo, Yo tengo la solución a su problema, no hay que usar perros sino ratas, venga a mi casa y se lo mostraré. Niels viajó casi 200 km hasta Nevada, donde vivía Frank con su mujer y tres hijos en una casa de madera, robusta y bien construida, rodeada de césped. Lo llevó al sótano y allí vio el espectáculo que con ratas había montado para diversión de la familia. Unidas por cuerdas suficiente-mente largas, las hacía pasar por todo tipo de pruebas de equilibrio, jamás presionaban más de la cuenta una tecla y olfateaban perfectamente el reclamo: pólvora de cartucho. Son ideales, le dijo, Baratas, hay montones, son absolutamente obstinadas cuando siguen el rastro, y pesan menos de 1,2 kilos que, si no me equivoco, he leído que es el peso mínimo para hacer estallar uno de esos artefactos. A partir de ahí la colaboración se hizo tan estrecha que Niels le gestionó un puesto en la Universidad como ayudante. Ahora están en Mozambique. Nada más salir el sol van de batida con sus 15 ratas de Gambia, que recorren frenéticamente la llanura atadas con arneses a cuerdas de 15 metros; cuando huelen algo comienzan a chillar y una vez lo localizan se sientan sobre el lugar donde supuestamente se esconde la mina y vuelven a la calma. Un día, Frank, a quien ni siquiera aún hoy se le ha pasado el tic de repartir cosas en cuanto puede, quiso llevar a su destino una carta que llegó por equivocación a la carpa en la que han improvisado el campamento. Como no estaba muy lejos decidió ir a pie, y Niels le recordó que debería llevar a un par de ratas como sistema de seguridad. Al poco tiempo de caminar, los animales se pusieron muy nerviosos y comenzaron a lanzar el típico chillido de mina a la vista. Tiraron fuerte de las cuerdas y no pararon hasta que llegaron a la base de un árbol y allí, calmadas, se detuvieron y miraron hacia arriba. De las ramas colgaban, atados por una especie de lianas, multitud de huesos de algún animal que nunca identificó.

23

Por fin, terminaron tomando la decisión de que no sería nuestro proyecto el que se iba a usar para la separación del uranio. Nos dijeron entonces que lo dejáramos porque en Los Álamos, Nuevo México, iban a comenzar el proyecto que verdaderamente permitiría fabricar la bomba atómica. Todos nosotros iríamos allí para construirla. Había experimentos que realizar y tampoco faltaba trabajo teórico. A mí me tocó el trabajo teórico. Cuando llegamos, las viviendas, dormitorios y demás cosas por el estilo no estaban listas todavía. En realidad, ni los laboratorios estaban totalmente listos. Así que al principio nos alojábamos en un rancho. La primera vez que llegué a las instalaciones vi que había una zona técnica, que presumiblemente debería estar rodeada por una cerca pero que todavía no lo estaba. También, presumiblemente, debería haber una ciudad rodeada a su vez por una gran cerca. Pero todavía estaba en construcción. Cuando fui al laboratorio me encontré con personas de las que tenía noticia por el *Physical Review*. No los conocía de antes. A lo mejor me decían, "Le presento a John Williams". Entonces se levantaba para saludarme un tío que estaba remangado ante una mesa cubierta de copias de planos, dirigiendo a gritos desde las ventanas las cosas y orientando los camiones de material de construcción. En otras palabras, como los de física experimental no tenían nada que hacer hasta que estuvieran listos sus laboratorios y sus aparatos, se pusieron a construir ellos mismos los edificios.

Richard P. Feynman

24

Entonces quedamos en que Heine es un periodista austriaco, corresponsal del Kurier, Viena, que desde hace 6 años vive en Pekín casado con una china, Lee-Kung. El bloque de pisos en el que viven parece hecho con hormigón; pero no. Tan sólo es conglomerado de arena y limaduras de hierro extraídas de las minas de turquesas de mala calidad, y después prensadas y solidificadas con una cola llamada SO(3). Dentro de esa estructura, el matrimonio hace tiempo que se ha desmoronado. Él está fascinado con el auge económico que ha experimentado China bajo la introducción del libre mercado. Casi todas las crónicas que envía a Viena analizan el poder futuro de los mercados en este país. Por ejemplo, los chinos se han lanzado a comprar coches de tal manera que están extenuando la industria automovilística mundial, con el consiguiente riesgo para las reservas de petróleo. Lo mismo ocurre con las lavadoras, los videojuegos o los tampax. No se da abasto. Lee-Kung no trabaja y pasa mucho tiempo recortando fotografías de los ejemplares gratuitos de revistas norteamericanas que le llegan a Heine. Las escanea y las almacena en un Mac para después modificarlas introduciéndoles motivos chinos a base de un corta y pega digital. Hace un año que chatea con alguien llamado Billy, un norteamericano del estado de Nevada que resultó ser un experto en escalada deportiva, deporte que ella desconocía por completo. Cuando se escriben siempre hablan de verse algún día. El mayor entretenimiento de Heine, después de la pedofilia y de las apuestas en las carreras de ratas, que clandestinamente se organizan en la parte de atrás de una franquicia de Versace que abrieron el año pasado a tres manzanas del edificio donde tiene el despacho, es salir a la calle a filmar con una pequeña videocámara lo que él llama un *road movie pekinés* que, como se sabe, nada tiene que ver con el norteamericano. En cualquier *road movie* lo más importante es el horizonte; tarde o temprano tiene que verse y significar algo por sí mismo, a fin de empaquetar en aquel punto lejano el espíritu de la película. Está bien estudiado que, en el cine europeo, el horizonte significa pérdida o melancolía; en el cine norteamericano, esperanza, imán de pioneros; y en el cine chino o japonés significa muerte.

Está descrito que la materia, los objetos, todo lo que vemos, son grumos, catástrofes ocurridas en el espacio plano, neutro e isótropo que había en El Principio. Son las llamadas Catástrofes de 1ª Especie. Cuando a uno de esos objetos algún agente extraño lo saca de su equilibrio, se inclina por algún destino impredecible arrastrando consigo a otros circundantes o muy lejanos, como una fila de fichas de dominó en la que la primera golpea a la siguiente. A esto lo llamamos Catástrofe de 2ª Especie. El desierto, por plano e isótropo, es el lugar menos catastrófico. Salvo cuando la quietud se rompe porque un escarabajo arrastra una piedra, o en un pliegue nace una hierba, o un álamo encuentra agua y crece. Después, un marido, por fastidiar a su mujer, le tira los zapatos a la copa de ese árbol al que, como un punto atractor, se le irán sumando otros cientos. Y ésta es, obviamente, también una Catástrofe de 2ª Especie.

26

El primer poema que Hannah, original de Utah, escribió, fue éste:

The content of this poem is
invisible: exists but can´t see it.
The author even doesn't know it.

Traducción del texto: El contenido de este poema es invisible:
existe pero no puede verse. Ni su autora lo conoce.

58

27

Lee-Kung, como ocurre siempre en las películas chinas, y como ocurre también en todos los matrimonios reducidos a polvo, tiene unos parientes en el campo que cultivan arroz, y a los dos 2 años de casada ya pasaba allí largas temporadas para no tropezar cada día con la cara de deseo de Heine, condenado ahora indefinidamente en un penal de la provincia de Chao. En la casa familiar Lee-Kung pudo siempre conectarse a Internet sin miedo a ser descubierta por Heine, y sus abuelos, que trabajan o duermen, no se enteran de nada. Hoy Billy le ha dicho que ha quedado en segundo puesto en la XV Competición de Escalada Deportiva de Sacramento y le envía unas fotos. Más allá de la pantalla del PC, la visión de los arrozales en toda su extensión le encoge el corazón, que se transmuta en plomo. Pequeño pero denso.

El camión cruzó la frontera en El Paso sin problemas; de hecho, la carga de alubias negras que transportaba era ya bien conocida por los guardas norteamericanos que cada 37 días veían pasar a Humberto. Venía de Monterrey, norte de México, para dirigirse al Mercado Central de Salt Lake City, desde donde se distribuían frutas y verduras a diferentes puntos del Estado de Utah y colindantes. Una vez ya rodando en USA, siempre que se detenía para hacer noche o repostar solía abrir la puerta del remolque a fin de comprobar el estado de la mercancía; si algo se echara a perder, ya fuera por golpes o por una incorrecta sujeción de las cajas, tendría que abonarlo de su bolsillo. Pero esta vez no lo hizo; se sintió unas veces muy cansado, y otras encontró demasiadas cosas interesantes en cada lugar en que se detuvo como para acordarse de las alubias. Por ejemplo, el nuevo parque de atracciones un poco más allá de San Antonio, o la espléndida vista que se divisaba desde la también nueva carretera que enlazaba altísimos puentes en una zona de cañones de Nuevo México, o la conversación de un autoestopista, llamado Bertrand, que se dirigía lo más al norte que le llevaran, y al que después de invitarlo a comer y beber, dejó cerca de Ely, en el apeadero del autobús. Así que así, rodando sin prestar atención a la carga, al cuarto día llegó al mercado, polígono industrial en el que se almacenan las mercancías en naves sólo accesibles a mayoristas. Nadie imaginó que, cuando abrieran una de las 2 puertas de la parte trasera del remolque, se encontrarían con un hombre muerto en lo más alto de las cajas, tumbado boca abajo y con la espalda a ras de techo. La puerta derecha, abierta, sólo dejaba ver la cintura y las piernas, que quedaron medio colgando en el vacío. Cuando abrieron la puerta izquierda, que permanecía cerrada y ocultaba la cara y parte del tronco, el cadáver se les vino encima. Con un sonido como de huevo estrellado y hueco dio contra el suelo. Es un mejicano, dijo Humberto palideciendo, ¡Hay que llamar a Inmigración! Todos guardaron silencio unos segundos. Murió de asfixia, seguro, murmuró otro. Para no perder la mercancía, decidieron mezclar entre las otras cajas aquellas sobre las que había yacido el joven mejicano, para decir después que las habían tirado y evitar así las manías y escrúpulos de futuros compradores. Si suponemos que el cuerpo del joven malogrado poseía las medidas del estándar universal, 1.75 metros de altura por 0.5 metros de ancho, tenemos una superficie de 0.875 m^2 de alubias que, dispersa, anda por el mundo llevando saliva, sudor, lágrimas, orina y excrecencias de aquel que sobre ella consiguió pasar la frontera. Un nuevo cuerpo en negativo, un doble devaluado, repartido en escaparates, fruterías, cestas de la compra, estómagos y ollas. Un mapa roto de 0.875 m^2 del cual quizá algún fragmento haya regresado a casa: hay una tienda de productos solidarios en Salt Lake City que periódicamente envía partidas de legumbres a los lugares más empobrecidos de México.

29

Al sureste de China, en la provincia de Tsau-Chee, poca gente sabe que hay una pequeña comunidad constituida por norteamericanos. Ésa es la gran ventaja de la globalización, que puedes tomar Tex-Mex en China y bambú hervido en un pueblo de Texas. En torno a dos docenas de familias se ha creado un lugar de ambiente sencillo, despreocupado, pero de mucha riqueza. Básicamente, son ejecutivos de empresas americanas que en su día fueron destinados a esa región, y que ahora que hay pujanza, por ese fascinante misterio que es la economía de libre mercado y sus relaciones contractuales, han sido prejubilados con sueldos del 100% del total. Liberados de la presión moral de la sociedad norteamericana, y por otra parte teniendo todo cuanto puede ofrecer una sociedad norteamericana postiza, son felices. Los ojos de la mitad sureste de China están puestos en esos pocos cientos de metros cuadrados. Es el tipo de vida que anhela todo buen chino en vías de modernización. Pero sobre todo, por lo que más es conocida la *Little America* es por haber conseguido formar un núcleo de surfistas en el Yellow Sea del más alto nivel. Este núcleo inicialmente estaba formado por los hijos de los norteamericanos, pero ahora está arrastrando a multitud de chinos con la peculiaridad de que entre éstos no son los jóvenes sino los ancianos de la comarca quienes destacan. A su lado, sus nietos no tienen nada que hacer. La explicación está en que en esa zona de China existe la peligrosa tradición, sólo reservada a los ancianos, de recoger el kwain, un fruto cítrico que crece en un árbol del mismo nombre, caminando en equilibrio de un árbol a otro sobre una cuerda que une todas la copas del bosque, y que puede llegar a ubicarse hasta a 25 m de altura. El día que esos ancianos se pusieron el traje de neopreno y se montaron sobre la tabla, arrasaron.

30

En la buhardilla de los Holler, en la que ahora yo me
había instalado con los escritos de Roithamer, que en su
mayor parte se ocupaban de la construcción del Cono,
Roithamer tuvo la idea de construir el Cono, y los planos más importantes para la construcción del Cono
fueron trazados por él en esta buhardilla y, apenas entré
en la habitación de los Holler, descubrí que ahora, meses
después de la muerte de Roithamer y medio año después
de la muerte de su hermana, para la que había construido
el Cono, ahora abandonado a su ruina, en la buhardilla de
los Holler seguían estando todos los planos, en su mayor
parte no utilizados, pero siempre relativos a la construcción del Cono, así como todos los libros y escritos en lo
relativo a ella que Roithamer había utilizado, en su totalidad, para la construcción del Cono, libros y escritos en
todos los idiomas imaginables, incluso en los que él no
hablaba, pero que se había hecho traducir por su hermano Johann, que hablaba muchos idiomas y en general
estaba dotado para los idiomas como ninguna otra persona que yo conociera, también esas traducciones estaban
en la buhardilla de los Holler y, ya en la primera ojeada,
vi que debía tratarse de centenares de esas traducciones,

montones enteros de traducciones del español y el portugués había descubierto enseguida al entrar en la buhardilla de los Holler, esos centenares de millares de procesos mentales de penoso desciframiento pero, probablemente, importantes para su proyecto de construir y terminar el Cono, de hombres de ciencia desconocidos para mí pero probablemente muy familiares para él, que se ocupaban de *el arte de la construcción*, él odiaba las palabras arquitectura o arquitecto, jamás decía arquitecto o arquitectura y, si yo decía u otro decía arquitecto o arquitectura, replicaba enseguida que no podía oír las palabras arquitecto o arquitectura, esas dos palabras no eran más que deformidades, abortos verbales que un pensador no podía permitirse, yo tampoco utilizaba jamás en su presencia esas palabras, y también Holler se había acostumbrado a no utilizar las palabras arquitecto o arquitectura, decíamos siempre, como el propio Roithamer, sólo constructor o construcción o arte de la construcción, el que la palabra construir era una de las más hermosas lo sabíamos desde que Roithamer nos habló al respecto, precisamente en la buhardilla en la que me alojaba ahora, una tarde oscura y lluviosa en la que realmente habíamos temido una inundación.

Thomas Bernhard

31

Como no pasaba ningún coche, Falconetti extendió el mantel en mitad de la carretera en vez de en la cuneta, justo al lado de un bache de gran diámetro que utilizó para estabilizar el macuto. Es como tener una mesa de 418 km de longitud, se dijo. En el ejército le habían enseñado a hacer estas cosas: redefinir lo absurdo en su beneficio. Sabía perfectamente que era ésa la base de la supervivencia. Después de preparar los liofilizados permaneció sentado, tomando el sol en el centro de aquel rombo que dibujaban el Este y el Oeste en sus respectivos puntos de fuga. Pensó en las Nike que había dejado colgando. En qué sería de ellas. En qué pensarían los habitantes de la Tierra cuando las encontraran 2.000 años más tarde; quizá, se dirían, "restos de una civilización anterior", que es lo que él piensa siempre que se sienta en la mesa de una cafetería y aún hay restos del último cliente. Extrajo del macuto un libro, *La increíble historia de Cristóbal Colón contada a los niños*, que había sustraído en la biblioteca del cuartel de Apple Fork. Allí leyó que para llegar a saber que la tierra es redonda no hace falta dar la vuelta. Basta con quedarse sentado en un punto fijo y ver cómo son los otros quienes dan vueltas. Comenzó a llover.

32

Existe un Principio de Reversibilidad universal por el cual sabemos que todo cuanto no podemos ver o detectar con alguno de nuestros sentidos, en justa correspondencia, tampoco podrá ni ver ni detectarnos a nosotros. Así los microbios, así el futuro, así las estrellas ubicadas más allá de nuestro *horizonte de sucesos*, así el interior de alguien que pasa y saluda, así el 100% de la gente que ha muerto. Cuando vemos una película no la vemos porque sus personajes no pueden vernos. Pero para entenderlo hay que imaginar que es como si la norma fuera que los hijos no se pareciesen físicamente a ninguno de los padres, para no verse en ellos. No es fácil. Pero hay que entenderlo.

33

Heine llegó a casa tan cansado de sus *road movies* pekinesas como de costumbre; el material recolectado siempre terminaba por decepcionarle. Cenó lo que encontró mientras Lee-Kung veía la última novedad en lo que a televisión china se refiere. Se trata de un *reality-show* en directo cuyo atractivo consiste en cazar a gente en actividades vergonzosas. Heine no lo soportaba. Apartó el lote de revistas con una pierna y se acercó a Lee-Kung con intención de besarla. Ante el rechazo, enojado, aunque esa noche no pensaba salir, se fue a las carreras de ratas. Mientras caminaba la vio a lo lejos en un callejón, frente a los escaparates de las tiendas de souvenirs ya cerradas: una preciosa adolescente china, de minifalda con estampados de cómics occidentales. Un cruce de ojos bastó para que se dirigiera a ella, la pusiera de cara a la pared y la violara mientras le tapaba la boca con la mano izquierda. Entonces Heine se dio cuenta de que los focos que venían de un extremo del callejón no pertenecían al alumbrado público sino al equipo del *reality-show*. Nunca más volvió a ver a Lee-Kung. Le extraña la costumbre por la cual los presos van cada día construyendo, como ofrenda a un dios que proporcione un horizonte mejor, una escultura que consiste en colgar del ginko-bilova, la raza de árbol milenario que hay en el patio, sus excrementos secos atados con hilos de seda. Una vez le había dicho Lee-Kung, De ese árbol sacamos el ginseng.

34

Russ Stevenson, propietario de un bar-asador en Ely, mientras remueve la carne con un bastón de hierro que termina en tridente, afirma, Coged lo que necesitéis, algunos compran zapatos sólo para ir y dejarlos, o cambiarlos por otros que les gusten más, hace poco un autoestopista que tenía los pies destrozados se llevó unas botas de las que usábamos antes en el matadero y dejó sus viejas deportivas. Se revuelve y hace un movimiento con el tridente alzado, que precesa en el aire. Sus 120 kg de peso giran también sobre su cintura describiendo un movimiento de peonza, y hace pasar a los primeros clientes de la tarde.

35

Todo el mundo sabe que escribir es haber muerto. Sólo la muerte pasa la vida a limpio y a esa distancia es capaz de reescribirla. Por eso sólo el escritor es quien narra el mundo de los vivos desde el mundo de los muertos. Ya llovía, y aquel día que tomaron la US50, las 4 rubias surferas no sabían que encontrarían a un hombre sentado ante un mantel en mitad de la carretera. Christina controló el derrape, pero aun así se metieron de lado en un gran bache que les hizo pegar un largo bote. Cuando salieron de la furgoneta, el hombre había echado a caminar con un macuto hacia el Este dejando allí el mantel y un infiernillo llameando. Le gritaron, pero pronto su espalda se atomizó en gotas de lluvia. Como las probabilidades de que alguien pasara eran mínimas, se tomaron su tiempo para cambiar la rueda pinchada en mitad de los dos carriles, intuidos más que vistos. Kelly, cuando se cayó al suelo después del gran bote, había notado un dolor muy intenso en la pierna, perfectamente localizado en la parte posterior del fémur derecho. Cuando Kelly pensaba en la muerte lo hacía de la siguiente manera: quería morir surfeando, atrapada bajo una ola y consciente de que esos 30 ó 50 segundos que se pueden aguantar bajo el agua eran los últimos de su vida. Si no eres consciente de que te mueres, si un día te acuestas y te duermes y ya no te despiertas, de qué ha valido la vida, pensaba, habría sido sólo un sueño. Ahora le han diagnosticado un sarcoma en el fémur derecho, ha visto ya en el TAC esa estructura tumoral arborescente en un momento muy avanzado de su desarrollo. Como la visión de los finales nos hace cursis, "es como un alga en un mar de carne y hueso", anota en una libreta.

¿Cuánta información se necesitaría para describir todo el universo? Podría tal descripción caber en la memoria de un ordenador? ¿Podríamos, tal como escribió William Blake, "ver el mundo en un grano de arena", *(o como dijo Borges, en un Aleph)*, o esas palabras sólo han de tomarse como una licencia poética? Desarrollos recientes de la física teórica contestan algunas de estas preguntas; las respuestas podrían ser hitos importantes hacia una teoría definitiva de la realidad. Del estudio de las extrañas propiedades de los agujeros negros se han deducido límites absolutos que acotan la información que cabe en una región del espacio o en una cantidad de materia y energía. Resultados ligados a esos límites sugieren que nuestro universo, al que percibimos en 3 dimensiones espaciales, podría en realidad estar "escrito" en una superficie bidimensional: podría ser un holograma. Nuestra percepción ordinaria de un mundo tridimensional resultaría ser en tal caso una profunda ilusión. Quizá un grano de arena no abarque el mundo, pero sí lo pueda hacer una pantalla plana.

Jacob D. Bekenstein

En el cabo más al norte de Dinamarca hay una fábrica que cuartea, envasa y congela salmones llegados de todo el país. Viéndola desde la última colina que precede al mar, nunca se diría. No hay nada allí que recuerde a la higiene o la comida. Su aspecto es más bien el de una central nuclear en proceso de desmantelamiento. Oye, tienes que ser muy hábil para no cortarte con las sierras que van fileteando al animal helado, en ese momento es puro fósil de vidrio, es perfecto. No, no es vidrio, es cristal, que es más perfecto que el vidrio, ¿no?, dijo Adolf, como siempre, cuando le oyó a Hans ese comentario. Hans continuó sin responder, también como siempre, con la vista fija en el rodar de la sierra y en el serrín de carne helada que salía regando en todas direcciones. Acabó el turno a las 7 de la tarde. Ya era casi de noche. Una vez se hubo cambiado, cogió la escoba y comenzó a barrer todo el serrín de salmón helado que moteaba el suelo hasta que hizo un montón en el centro. Lo metió en una bolsa, y se fue camino arriba, al lado de Adolf, quien se quedó en un bar a tomar una cerveza. Hans, de costumbres fijas, continuó directo hacia su casa. Dejó la bolsa sobre la encimera de la cocina, al lado de una fila de cuchillos ordenados de menor a mayor que tenían inscrito en la empuñadura el equivalente en inglés a Mataderos Medley e Hijos, Nevada. Dentro de la bolsa, los cristales de hielo se habían ya deshecho para formar una papilla rosa de pescado y agua. Después de asearse, metió la mano en aquella pasta y con una cuchara redonda de heladero sacó una bola que tiró a una plancha muy caliente sobre el fuego. Vuelta y vuelta. Cuando la hamburguesa de salmón se hubo hecho la introdujo entre dos lonchas en un panecillo redondo con queso, cebolla y ketchup, y con el tercer cuchillo de la fila cortó el conjunto por el diámetro. Se sentó a cenar en la mesa de la cocina. Antes encendió la radio y abrió una botella de agua de 1.5 litros que bebió a morro. De costumbres fijas, Hans se acostó a las 9. A las 9.05 apagó la luz.

38

El segundo ejemplo es del film *Los pájaros*, de Alfred Hitchcock. Mélanie Daniels sale de la escuela, donde se encuentran los niños, y se sienta cerca del patio de recreo a fumar un cigarrillo. No se da cuenta de que varios pájaros se juntan sobre unas estructuras metálicas, a su espalda, que son los aparatos de gimnasia situados en el patio. Se filma el patio en un plano general, mientras que una sucesión de planos más próximos de la joven son introducidos en ese plano general. La escena se desarrolla de la siguiente manera:

Plano general: Un pájaro solo llega y se posa sobre las barras.

Plano general: Mélanie está fumando.

Plano general: Varios pájaros están en las barras. Llega otro cuervo.

Plano medio de la joven: Sigue fumando.

Plano general: Otros pájaros llegan.

Plano próximo de la joven: Fuma lentamente.

Plano general: Otros pájaros se juntan a los cuervos ya reunidos en el patio.

Primer plano de la joven: Para de fumar y vuelve la cabeza hacia la izquierda para mirar fuera de campo.

Un pájaro vuela en el cielo. La cámara, encuadrándo-
le en tomas a distancia, sigue su vuelo de izquierda a
derecha para mostrar cómo el cuervo se reúne con las
hileras de pájaros que ya cubren completamente la construcción metálica del patio.

Primer plano de la joven. Reacción de miedo.

Daniel Arijon

39

Ted emite desde su módem vía Internet un mensaje de feliz año nuevo a todos los internautas del mundo, pero en especial a aquellos que, como él, viven o trabajan en alguna *micronación*. La micronación más famosa, y de alguna manera precursora de estas otras actuales que motean tanto la superficie como la atmósfera y las profundidades del globo terráqueo, es Sealand; el Principado de Sealand (www.telebase.es/sealand). En 1966, Roy Bates, dueño de una radio pirata inglesa llamada Radio Essex, tomó posesión junto a otras 240 personas de una base militar construida por Inglaterra durante la Segunda Guerra y abandonada desde entonces. Una plataforma del tamaño de medio estadio de fútbol, asentada sobre dos pilares cilíndricos de cemento y acero que emergen verticalmente del mar gris y verdoso de la costa británica. Sobre la plataforma, apenas hay unas construcciones de chapa de hierro llamativamente herrumbrosas y minúsculas comparadas con el espacio vacío. El *site* Micronations On The Web (www.geocities.com/Ca-pitolHill/Senate/5385/index.html) dice que, aparte de las 185 "macronaciones" nucleadas en las Naciones Unidas y los 60 países que no están formalmente reconocidos como tales o no forman parte de la ONU, existen decenas de micronaciones no reconocidas. En la lista de Micronational Links (www.reuniao.org /chancellery/links.html) se pueden encontrar 95 micronaciones, cada una con su sistema legislativo y financiero, sus símbolos e himnos. Ahora Ted, a 65 metros por debajo del desierto de Nevada, instalado en la gran sala de lo que fuera en su día el Centro de Recogida de Residuos Radiactivos del Gobierno, descorcha una botella de champán y brinda con sus 178 conciudadanos de Isotope Micronation. Aunque brinda con doble intención, porque hoy tiene la sospecha de que alguien ha muerto. Se puede decir que Isotope Micronation es una especie de gran cubo sepultado bajo una extensión de desierto de 77.000 m^2, un intestino de cemento que puesto en línea recta llegaría a medir casi 600 km. Fue comprado por un par de pioneros de las micronaciones al Gobierno, que lo había sacado a subasta sin ningún éxito debido a la reticencia, casi irracional, que posee la población hacia todo lo que tenga que ver con la radiactividad. En su superficie, el desierto ha sido modificado, y es donde cultivan y explotan una ganadería cuyos parámetros son en todo momento controlados por un *software* de desarrollo propio instalado bajo tierra en el llamado Nodo de Agricultura: el nivel de minerales, la tasa de fotosíntesis, el estrés de cada animal o su calendario de inseminación. También, en la extensión de la superficie hay un antiguo helipuerto, muchos metros cuadrados de células fotovoltaicas de las que obtienen energía, y una pequeña caseta tipo nido de ametralladoras que da acceso a donde está verdaderamente Isotope Micronation, el subsuelo: el colegio, restaurantes, viviendas, tiendas, depósitos de agua, transformadores eléctricos, etc, todo diseminado en esos cientos de salas y galerías que de todas las formas y tamaños se extienden entre los 0 y los 98 metros profundidad. Así, en ese sobredimensionado cubo subterráneo les sobra tanto espacio que los 178 habitantes pueden pasar hasta un mes sin verse ni una sola vez, y verse es excusa suficiente para no separarse durante otro mes y comprobar cómo la vida los va tratando. Saben que el día en que alguno se muera inesperadamente de camino a alguna sala o galería, tardarán mucho tiempo en encontrarlo, pero aún no se ha dado ese caso: la micronación tiene apenas 10 años y, desde ese punto de vista, de momento aún son inmortales. Uno de los "divertimentos micronacionales", regulado por el Módulo de Apuestas del Microestado, dependiente del Nodo de Economía y Recaudación, consiste en, una vez por semana, y en unas hojas impresas a ese efecto, marcar con una X el nombre del ciudadano que cada cual estime que será el primero en morir. Quien más X acumule sobre el nombre del primer desafortunado será el ganador, a quien le corresponderá en premio los bienes íntegros del muerto. Cada semana todos están atentos a qué niño se pone enfermo, qué adulto asume una actividad de riesgo, o qué olor tiene esa noche la sopa del *fast-food* en caso de sospechar que el camarero lleva ya marcadas junto a tu nombre un montón de X.

40

Siendo él un hombre de pocas palabras, y ayudados por los pocos conocimientos de materia de geografía, el origen exacto de Hans, rubio y de tez clara, no estaba muy claro para los habitantes de Carson City. Entre Dinamarca, Islandia o Polonia no sabían con qué quedarse. Russ Stevenson, su compañero de sierra en el MEDLEY E HIJOS-Matadero, dijo en una ocasión que lo que era, era un piel roja; pero por lo salvaje. Aunque no era salvaje, sino preciso. Podía él solo aplicar el bastón electrocutante y despellejar y trocear 6 vacas en un turno de 10 horas. Entraba a las 5 de la mañana y salía a las 4 de la tarde; una hora entremedias para comer. En la época del año en que a las 5 ya amanece, la luz roja de los primeros rayos se refleja en la tierra del desierto para entrar por los amplios ventanales de la nave de despiece y dibujar haces cuadriculados de gran tamaño en el suelo, y era entonces cuando Hans pensaba en la catedral de Copenhague, y entonces encendían las sierras, y el ruido provocaba la huida de todos los animales que salen a cazar cuando amanece. A la hora del almuerzo, Hans, de costumbres fijas, tras devorar la hamburguesa de vacuno que preparaba en una plancha improvisada, sacaba siempre del mismo bolsillo del mandil el mismo libro, y leía:

"El cocinero Ding descuartizaba un buey para el príncipe Wenhui. Se oía ¡hua! Cuando empuñaba con las manos el animal, sostenía su mole con el hombro y, afianzándose con una pierna, lo inmovilizaba un instante con la rodilla. Se oía ¡huo! cuando su cuchillo golpeaba como si ejecutara una antigua danza.

–¡Es admirable!– exclamó el príncipe. Nunca había visto una técnica así.

El cocinero dejo su cuchillo y contestó,

–Lo que interesa es el funcionamiento interno de las cosas, no la simple técnica. Cuando empecé a practicar mi oficio veía todo el buey ante mí. Tres años después ya sólo veía partes del animal. Hoy lo encuentro con el espíritu, sin verlo ya con los ojos. Mis sentidos ya no intervienen y mi espíritu actúa solo y sigue solo los ligamentos del buey. El cuchillo corta y separa, sigue las fallas y hendiduras que se le ofrecen sin esfuerzo. No toca ni venas ni tendones. Cuando encuentro una articulación, localizo el punto difícil, lo miro fijamente y con un golpe certero lo corto. Con el cuchillo en la mano me yergo, miro a mi alrededor divertido y satisfecho, y tras haber limpiado la hoja, lo envaino. La actividad se ha transformado y ha pasado a un plano superior. Ésta es la concentración que hay que seguir en toda actividad, por cotidiana que sea, de la vida." (*El libro del Zen de Zhuangzi*)

Imagínese una red urbana de distribución de agua que no abastece a locales y viviendas porque las tuberías carecen de la longitud suficiente. Esta situación se parece mucho a la que hoy se da en la red de transmisión de datos de alta velocidad. Se han invertido muchos miles de millones de dólares en construir redes de fibra óptica que lleven a los ordenadores domésticos y a los profesionales servicios multimedia de calidad elevada; pese a ello, se han quedado cortas. En Norteamérica, por ejemplo les falta un poco menos de 1 km para llegar a 9 de cada 10 empresas de más de 100 empleados. Tardan en hacerse realidad las halagüeñas perspectivas: la supresión de los retrasos en la navegación por Internet y acceso a bibliotecas de datos, un comercio electrónico más ágil, emisiones de vídeo en tiempo real, transferencias de imágenes clínicas, interconexiones entre empresas que permitan compartir trabajos... Todo esto no ha despuntado todavía. Yace enterrado bajo las calzadas y aceras de las ciudades.

Anthony Acampora

42

Nuestra preocupación principal es mantener la vaquería, le dice la señora Stevenson al comercial de la funeraria, sentada en la entrada de su granja dotada con 60 vacas, 2 tractores, 2 segadoras y cientos de acres de sembrado, en la que también hace miel, mermeladas y embutidos para consumo propio. Al lado, está la antigua fundición de estaño, también de la familia, que ya cuando se hizo era lo suficientemente grande como para saber que quebraría. Sra. Stevenson, como su granja está situada en el centro del Estado, le dice el comercial, Y como sólo hay 10 hornos crematorios en todo Nevada, hemos pensado que esa instalación de fundición en desuso sería el lugar ideal para montar nuestro horno. Ella se muestra reticente. ¿Y si le consultamos a su marido? No, la granja es mía y la fundición también, además, él llegará hoy muy tarde del asador. Las negociaciones se alargan. Las ofertas suben. Ella continúa en su negativa. Cansada, le dice, Bueno, señor, tengo que confesarle algo. Y lo lleva hasta la antigua nave de fundición. Le señala, en la pared, la puerta abierta de uno de los hornos con forma de tubo abandonados, en cuyo interior, de entre los hierros, crece un árbol; las ramas se amoldan al techo y paredes del cilindro, y sólo unas pocas logran escapar por el tiro de la chimenea. ¿Lo ve; ve ahí un árbol?, Sí señora, lo veo. Pues ése es el problema: en este horno, un invierno que la nieve nos incomunicó, ya incineramos al abuelo, [había muerto de repente], y por nada del mundo destruiríamos ahora ese árbol.

43

Joseph Campbell pensaba lo mismo cuando narró una breve parábola sobre una ocasión en que miró detenidamente dentro de su PC. Campbell, que sostenía que las principales religiones estaban obsoletas, quedó impresionado por el mandala de los microcircuitos. "¿Ha mirado alguna vez dentro de una de esas cosas?", le contaba a un entrevistador. "No se lo podría creer. Es toda una jerarquía de ángeles dispuesta en láminas."

Mark Dery

44

De costumbres fijas, al salir del matadero Hans pasaba siempre por el bar de Gregory, donde entraba con las botas de trabajo golpeando el suelo. ¡Ten cuidado, el luminoso de la puerta se menea!, le decía cada día Gregory. ¡Paso!, respondía Hans. Tomaba cerveza hasta que no podía más, y si se terciaba, una visita al burdel, donde Linda siempre estaba a mano. Ahora bien, Hans no sabía muy bien qué hacer con aquel cuchillo de 35 cm que el matadero regalaba cada año al trabajador más eficaz. Ya tenía 4. Cuando tenga 5, se había dicho el primer día que entró a trabajar, me vuelvo a Copenhage. Los exhibía en el recibidor de su casa, en fila vertical, en sus legítimas fundas de piel de coyote, que escondían el filo, quedando a la vista el mango de madera de álamo. Los miraba y pensaba que, en realidad, esos cuchillos sólo valían para matar, pero él no quería, y Carson City tampoco. Siendo así, ¿Con qué fin me los regalan?, se decía ¿Por qué desean la muerte? Lo preparó todo minuciosamente. A las 4 de la tarde saldría del matadero, como siempre, e iría al bar de Gregory. Fingiría que tomaba el n$^{\underline{a}}$ de cervezas habitual, y diría con voz bien alta, hasta que le oyeran los muchachos del billar del fondo, que estaba muy cansado y se iba para casa a dormir. Llegaría a casa pero no se metería en la cama, sino que cenaría fuerte, limpiaría los cuchillos, y se amarraría con cinta de embalar 2 a la cintura, y los otros 2 los ocultaría en las pantorrillas. A las 22h se dirigiría al bar de Gregory, que es la hora a la que está haciendo caja a puerta cerrada, le pediría una cerveza, a lo que Gregory respondería que no, que ya estaba cerrando, y entonces no podría sino apuñalarlo; quizá eligiera el pecho, donde sabe que tiene un tatuaje que le había hecho una chicana y que pone *Casi Love*. Después se dirigiría hacia el burdel y Linda, seguro, estaría con otro cliente, por lo que tendría matarlos a ambos, y si estuviera sola, también, porque seguro que como de costumbre ella querría tomar una copa antes de que fueran a la habitación, aún conociendo lo mucho que a él le incomoda el alcohol antes del amor. Después se encaminaría hacia la oficina del sheriff y por la calle pediría fuego a Bob, el vagabundo que a esa hora frecuenta los contenedores de la calle Washington, y a la luz del mechero le atravesaría la femoral para después subir hacia el estómago. Y al final llegaría ante el sheriff, tiraría los cuchillos sobre la mesa y le diría, Misión cumplida, jefe. Repasa el plan mientras busca las botas. Son las 21.45h. Acaba de quitárselas hace una hora escasa, mientras cenaba. Mira debajo de la mesa, revuelve la casa. No las encuentra. Abre y cierra cajones, mira en la bañera, detrás de las puertas. Nada. A las 22.45h, descalzo, se sienta en la cama y mira detenidamente sus pies desnudos, muy blancos. Decide en ese momento que tiene que hacer la maleta e irse de Norteamérica. Las botas no volvió a verlas.

Año 2054. Mis nietos están explorando el desván de mi casa. Descubren una carta fechada en el 2004 y un CD-ROM. La carta dice que ese disco CD-ROM que tienen entre sus manos contiene un documento en el que se da la clave para heredar mi fortuna. Mis nietos tienen una viva curiosidad por leer el CD, pero jamás han visto uno salvo en las viejas películas. Aún cuando localizaran un lector de discos adecuado ¿cómo lograrían hacer funcionar los programas necesarios para la interpretación del disco? ¿Cómo podrían leer mi anticuado documento digital? Dentro de 50 años lo único directamente legible será la carta.

Jeff Rothenberg

Pero entre los estados de Albacete y Almería, España, conectando 2 desiertos de piedra *beige*, casi blanca, a los cuales separa un río caudaloso que viene del norte, hay una carretera muy poco transitada en la que sólo existe una gasolinera que permutó el letrero de Campsa por el de Cepsa aprovechando el cambio de ubicación, allá en el 85, de todo aquel pueblo que quedó cubierto por las aguas del pantano. Acaba de entrar una furgoneta; la tasa es de un vehículo por semana. Fernando, con el pelo a la taza, Adidas Saigon, y pantalón de tergal, se acerca, ¿Cuánto? Pero confunden dólares con euros y no contestan nada comprensible. Son tres rubias norteamericanas, las tablas de surf van en el techo. Fernando les da conversación y ellas en un español-chicano le cuentan que van al Campeonato Internacional de Surf de Tapia, un pueblo que, señalado en el mapa por el dedo de Christina, está en el sur de la Península porque tiene el mapa al revés. ¡Ah, no, está en Asturias, pegado a Galicia!, les dice Fernando girándolo, y sonríe. Queremos cumplir el último sueño de nuestra amiga, Kelly, competir contra los Chinos. ¿Los chinos?, pregunta Fernando. Sí, vienen del sureste de China, son los mejores del mundo. Ah, bueno, contesta, y mete la manguera en el surtidor que a su vez le contesta, Buen viaje, gracias. Apoyado en el cartel de Wynn´s, con la mano izquierda de visera, las ve alejarse en una nube de polvo. De golpe frenan y dan marcha atrás, la nube ahora va en sentido contrario, y él piensa, ¡Kitt, te necesito! Acodada en la ventanilla, la copiloto señala con el índice de la otra mano el estampado de la camiseta de Fernando, SURFIN' BICHOS. *Ya a la venta su LP El Fotógrafo del Cielo*, y dice, ¿Nos la vendes? Y él sin pensarlo: Os la doy, tengo más. Ahora sí que las ve alejarse. La misma nube de polvo alcanza su pecho desnudo y *beige* como el desierto. Se sienta en la cabina y coge de nuevo la guitarra, una Les Paul negra con raspador blanco. Juguetea con las cuerdas, piensa en que las surferas ahora estarán bordeando el pantano, donde en estas fechas de sequía siempre asoma la punta del campanario, donde en los árboles de la calle principal según dicen los buceadores cuelgan algas y anidan peces, donde los surtidores de la gasolinera contendrán aún el plomo de aquella Super tan espesa, el brillo en el ADN del chapapote que le fascina, la proteína del planeta. Salen unos cuantos acordes de la caseta que no encuentran en el llano obstáculo que los amortigüe. A esta canción la llamaré *Los Diarios de Petróleo*, piensa. Sonríe cuando ve rodar a lo lejos un grupo de bolas de papeles de periódico del tamaño de un balón de playa. Las sigue con la mirada.

47

En 1971, un grupo de *hippies* tomó una base militar abandonada en Copenhague, Dinamarca, y proclamó allí el estado libre de Christiania, una micronación. Tras mantener un pulso con el gobierno danés, en 1987 fue finalmente reconocida como un microestado independiente. Entre los 18 jóvenes que tomaron aquella noche la base estaba un aún adolescente Hans quien, tumbado en el suelo, en aquella penumbra verdosa que como un residuo militar parecía flotar entre el pavimento y los altos tragaluces, decidió descalzarse para siempre: en sus pies desnudos y blancos halló un símbolo de paz y de vida no violenta. La población actual está compuesta por 760 adultos, 250 niños, 1.500 perros y 14 caballos.

48

Está descrito que la materia, los objetos, todo lo que vemos, son grumos, catástrofes ocurridas en el espacio plano, neutro e isótropo que había en El Principio; son las llamadas Catástrofes de 1ª Especie. Cuando a uno de esos objetos un agente extraño lo saca de su equilibrio, se inclina por algún destino impredecible arrastrando consigo a otros circundantes o muy lejanos, como una fila de fichas de dominó en la que la primera golpea a siguiente. A esto lo llamamos Catástrofe de 2ª Especie. El desierto, por plano e isótropo, es el lugar menos catastrófico, salvo cuando la quietud se rompe y un escarabajo arrastra una piedra, o en un pliegue nace una hierba, o un álamo encuentra agua y crece. Después, un gasolinero de una estación de servicio del desierto de Albacete mata el tiempo haciendo bolas de periódico del tamaño de un balón de playa y lanzándolas al llano más allá de la carretera. Piensa que así se parece más al desierto americano, con sus rodantes bolas de espinos. Grumos de papel, información que se desplaza errática y sin receptor dibujando los diversos teoremas que rigen la propagación del viento. Y esto, obviamente, también es una Catástrofe de 2ª Especie.

49

Lo cierto es que, a pesar de cruzar la frontera México-USA cada 37 días, hasta que descubrió sobre la carga de alubias a aquel mejicano muerto, Humberto jamás se había planteado hacerlo: intentar establecerse en Norteamérica. No resultó fácil tomar la decisión; el camión, propiedad de la empresa mejicana para la cual trabajaba, sería dado inicialmente por desaparecido, y después por robado, y a las ya de por sí dificultades que se le vienen encima a un sin papeles en USA habría que añadirle una orden de búsqueda y captura. Al contrario que sus compatriotas, que buscan ciudades bulliciosas con las que mimetizarse, Humberto razonó de manera exactamente opuesta: compraría una identidad en el mercado negro para ir después a la zona más inhóspita del Medio Oeste. La gente de los pueblos, aunque inicialmente es más dañina, una vez te coge confianza puedes estar seguro de su inquebrantable nobleza, le dijo a Bart, un compañero americano del almacén de verduras de Salt Lake City. Fue Bart el primero que le habló de una zona de Nevada casi deshabitada en la que él tenía un par de familiares que le podrían ayudar. Y de esta manera, una vez se hubo deshecho del camión en un compra-venta, y una vez obtenidos los papeles en las mafias mejicanas, a las que pagó con el dinero de esa venta, tomó el bus hacia Ely, a donde llegó ya entrada la noche. En el apeadero le estaba esperando Ron, el primo de Bart, quien le dijo nada más verlo, Tranquilo, ya Bart me lo contó todo; aquí tengo un trabajo que te viene a la medida, te instalarás en una dependencia situada en la parte posterior de un negocio de venta de ropa usada de mi propiedad. A través de carreteras y pistas, llegaron a un páramo de tierra y arbustos en el que se enclavaba lo que parecía ser una casa-almacén más horizontal que vertical. Subieron la persiana metálica, encendieron las luces, y se encontraron con una numerosa colección de cajas abiertas en el suelo, a rebosar de jerséis, camisetas, bragas y abrigos totalmente desordenados, y situadas ante un minúsculo mostrador como encajado allá en el fondo. Sin hacer ni un solo comentario, Humberto fue dirigido hacia una puerta lateral que daba directamente a su futura residencia. De sólida construcción, y dotada de baño, cocina-comedor, y habitación dormitorio, le pareció que sobrepasaba con mucho sus expectativas; además, podría usar la misma calefacción que daba servicio a la tienda. Antes de que Ron se fuera, Humberto le preguntó, ¿Pero en este lugar tan inhóspito tiene salida toda esta ropa usada? ¡Qué va, hombre, contestó como riendo, Todo esto va para Mozambique! Además, ¿cómo que inhóspito? Humberto no insistió, y Ron, una vez hubo bajado la verja metálica, se fue dando un par de bocinazos. Humberto se sentó en la cama a oír cómo la distancia [pensó en una esponja] iba absorbiendo el sonido del coche. Colocó en el armario las pocas cosas que había rescatado del camión; una muda de ropa, el neceser, un par de fotos, y unas cuantas cintas de casete de grupos de rock mejicanos con las que hizo una columna. Antes de tomar el sándwich que Ron le había llevado, se puso lo primero que encontró en el almacén, un abrigo de lana de señora con cuello de zorro falso, y después masticó la cena con lentitud sin apartar la vista de la columna de cintas de casete. Quiso oír al astro Dj.Camacho pero no tenía reproductor. Extrajo una alubia negra del bolsillo para introducirla en un frasco vacío, que colocó junto al reloj despertador.

50

Leicester, Reino Unido, William llega a su casa después de una jornada de 14 horas en la fábrica de géneros de punto. Estar todo el día en contacto con telas en general, y con el *punto* en particular, tiende a domesticarte el alma, que emerge hasta la piel, y ahí se desborda en los poros para sentir las texturas y olores de los tejidos como si ésta fuera un sentido más. Pero eso William no lo sabe, así que odia su trabajo. Cierra la puerta de la calle, ve a lo lejos una montaña de ropa aún sin planchar sobre su cama, y se le ocurre que le gustaría planchar mientras practica la escalada en roca, su deporte favorito. El domingo siguiente, él y su amigo Phil, colgados de una cuerda horizontal que une dos picos, a 125 m de altura, planchan sobre una tabla casera, y también asida a esa cuerda, el lote de ropa que aquel día esperaba sobre la cama. Así nace el Planchado Extremo. A partir de ahí el fenómeno corre por los 5 continentes, se crean federaciones y reglas, y tanto Phil como William dan la vuelta al mundo compitiendo con otras parejas. En los Alpes esquiando, en Londres colgados de un camión en movimiento, o en Los Ángeles haciendo windsurf, son sólo unos pocos ejemplos. Transportan cargadores que calientan las planchas, y algunas marcas como Rowenta o Tefal esponsorizan a los equipos y fabrican partidas especiales de diferentes tamaños y pesos, como ocurre con los palos de golf. Pero Phill y William ya no están muy en forma, hay equipos de jóvenes más fuertes y adiestrados, lo que les ha llevado a verse relegados a puestos cada vez más modestos en la clasificación mundial. El día en que William decidió que abandonaba para siempre estaban compitiendo en la Selva Negra; de esto hace ahora 1 año. La prueba consistía en planchar en el aire, colgados de un árbol con arneses. Todos al mismo tiempo y del mismo árbol. Rápidamente William vio que el equipo de Moulinex les sacaba una ventaja de tres camisas y un pañuelo por lo menos. Sabía que eso ya era insuperable. Fatigado, se relajó y ocurrió de repente: vio la escena desde el otro lado, como si flotara alejado varios metros del árbol, a la misma altura que los otros participantes. Las planchas de izqda a dcha, y en cada envite el inevitable chicleo de la rama del árbol, que le daba un tono cinético y esponjoso al conjunto. Puro complot de la naturaleza, pensó, y se abandonó a la visión de semejante organismo mutante y viviente. Por un momento le vino a la cabeza la idea de que esa escena ya la había visto antes, es más, la había estado viendo durante 10 años y 8 horas al día en el balanceo de los hilos que se van entrelazando en la tejedora mientras un gran número de ovillos de colores cuelgan.

Existe una ciencia que estudia las micronaciones: la Micropatrología, cuyos alcances se explican en *sites* de Internet como L'Institut Français de Micropatrologie (www.geocities.com/CapitolHill/5829), o The Micronations Page (www.execpc.com/~talossa/patsilor.html). Uno de los que está ocupado en mantener la página web inglesa es Ted. Como experto obsesivo en redes, puede llegar a hablar durante horas de cómo reforzar un link sin perder eficacia de transmisión, cómo destruir un nodo principal en una red del tipo Potencia Inversa, o cómo la red de la bioesfera, la red Internet y la red neuronal, poseen todas una misma topología, por lo que pueden ser consideradas, a ciertos efectos, isomorfas. Él es un servidor principal, del que cuelgan otros muchos repartidos fundamentalmente por Norteamérica, Centroamérica y Sureste Asiático. Esta noche (aunque, técnicamente, en Isotope Micronation no puede hablarse de días y noches, pero sí de ciclos) ha soñado con una red de información que hibridaba lo orgánico e inorgánico, a la que, como si fuera un árbol, se le iban colgando las historias de cada habitante de todas las micronaciones del planeta; la HiperRed Micronación.

52

Tarde o temprano nuestras costas quedarán vacías. Cientos de kilómetros de cemento permanecerán durante siglos cayéndose a pedazos y cubriéndose de zarzamora y ortiga. Por la noche sonarán en su interior aullidos insoportables. Zonas inmensas de este país se convertirán en refugio de criminales, plantas de fabricación pirata, cuarteles de mafias orientales, talleres textiles ilegales, clubes de rufianes eslavos. La ruina y el espanto extenderán su sombra amarilla sobre unos lugares en donde tiempo atrás, como en el Líbano, giraban las ruletas más caras del planeta mientras delgadas actrices apenas adolescentes sorbían láudano en compañía de futuros suicidas.

Félix de Azúa

Constantes físicas de interés

Masa del Sol, M_0= 2 × 10^{33} g
Radio del Sol, R_0= 6.96 × 10^{10} cm
Distancia Tierra-Sol = 1 unidad astronómica = 1.5 × 10^{13} cm
Velocidad de la luz, c = 3 × 10^{10} cm/s
Constante de Plank, h = 6.63 × 10^{-27} erg.seg
Constante de Gravitación, G = 6.67 × 10^{-8} dyn cm^2 g^{-2}
Carga del electrón, e = 4.8 × 10^{-10} esu
Constante de Boltzman, k = 1.38 × 10^{-16} erg K^{-1}
Masa del electrón, m_e = 9.11 × 10^{-28} g
Masa del átomo de hidrógeno, m_H = 1.67 × 10^{-24} g
Radio de la Tierra, R_T = 6300 km
Radio de la Luna, R_L = 1700 km
1 año luz = 9.3 × 10^{17} cm, la distancia que recorre el cerebro de un ser humano en el momento en que un clic, apenas audible, le indica que ha pisado una mina antipersona. La distancia que recorre un feto entre 2 bombeos consecutivos del corazón de la madre.

54

Por la mañana, Ted y su mujer, Hannah, original de Utah, montaron a su hijo, Teddy, en el *Pick Up*, y se dirigieron a Carson City; de turismo, le llamaban ellos. Había fiesta. Peggy les alzó la barrera, que subió como una tijera sobre sus cabezas, y atravesaron esa frontera entre Isotope Micronation y los Estados Unidos de América. El camino hasta coger la US50, un laberinto de pistas pertenecientes al Estado de Nevada, arranca de un gran cruce de donde parten otras muchas pistas a lugares desconocidos para los habitantes de la micronación. Barreras de espinos, verjas y encrucijadas hasta llegar a la carretera principal, son una constante. Delgados y blancos como la leche, disfrutaron del día comiendo en el restaurante-asador y montando después en las atracciones que desde hacía una semana estaban instaladas en la plaza. La media melena del trío suscitaba comentarios; hacía años que ya no se veían por allí familias de tergal ancho, jersey de rombos, deportivas en los pies y camiseta sintética. Hasta que llegó la media tarde, y Hannah le recordó a Ted aquella época en que no tenían a Teddy. Si así fuera, le decía, ahora se hubieran quedado toda la noche, de bar en bar, bebiendo y bailando, jugando a las tragaperras, y ya muy tarde, camino de Isotope Micronation, habrían hecho el amor bajo el álamo de la US50, para amanecer donde cuadrara. Él la coge de la mano y le dice, Es tarde, vámonos a casa. Han llenado la furgoneta de globos y chucherías para los demás niños, y ruedan esquivando baches. Toman el arranque de la pista de tierra, que nunca está del todo claro, y a los pocos minutos, entre dos ramales, en una isleta un poco apartada, Teddy ve un bulto que al acercarse resulta ser una maleta de curtido marrón. Como cabeza de familia, es Ted quien la abre, y en su interior resulta haber toda una colección, centenares, de retratos en fotografía. Sólo retratos. No la cojáis, dice Hannah, trae mala suerte meter tantas caras bajo tierra. No os la llevéis a casa, dice Ted, es ilógico meter una micronación dentro de otra, la más grande dejaría de serlo. Dejémosla, dice Teddy, la gente que sale es vieja, parece muerta. Se alejaron. La maleta se quedó con la mandíbula abierta y boca abajo como con intención de morder la tierra. Es de suponer que las fotografías o ya son polvo de desierto, o volaron [o se las han comido los coyotes, a quienes les fascina la plata, por eso en las noches les brillan los ojos; eso está documentado por los antiguos vaqueros y pioneros. Incluso existe la certeza de que, inicialmente, todo el desierto de Nevada era una sola fotografía lisa y brillante, de colores refulgentes, la cual fue devorada por sus coyotes, que ganaron esa plata en los ojos pero fueron castigados a vagar solos y hambrientos por esta tierra sucia y polvorienta que es el acúmulo de sus propios excrementos derivados de la digestión de aquella fotografía].

55

Suenan acordes en el desierto de Albacete, siempre suenan. Se extienden en ondas por un paisaje sin roza-
miento. Como aquellos acordes monótonos y primitivos
que, según Benet, avanzaban por Región y terminaban
golpeando los cristales de las ventanas. O como esas
propagaciones lentas pero eficaces que consignó René
Thom en su Teoría de Catástrofes. Suenan acordes,
Fernando le está dando: una silla entre los dos surtidores, la guitarra, y el ampli conectado. Las cejas, líneas
rectas, espejos del horizonte sobre unos ojos que man-
tienen la mirada fija buscando el fiel de una balanza. Una
idea recurrente: le parece mentira cómo un objeto tan
pequeño como una guitarra puede llegar a llenar con su
sonido semejante espacio, hacer salir a los insectos y que
se escondan los niños. A lo lejos ve rodar unas cuantas
bolas de papeles de periódico, tarde o temprano vuelven
y se van. Hace unas pocas más con un taco de periódicos que tiene a su izquierda y las tira más allá de la carretera. Improvisa acordes mientras observa sus movimientos. Se acerca un coche negro con una línea de
luces que se desplazan en la parrilla delantera de izqda a
dcha. Con pericia de cine, el Pontiac Trans AM del 82 se

detiene en la gasolinera. Fernando deja la guitarra e intercambia con el conductor un vago saludo militar llevándose la mano a la frente, Qué hay Fernando. Bien Michael, bien, ¿lleno? Sí. El surtidor se pone en marcha con un sonido que recuerda a una trituradora. Michael sale del coche y se acoda en el cartel de Wynn's. Habitualmente le saca tres cabezas a Fernando. Hoy, con las nuevas botas de serpiente, tres y media. Qué, Michael, ¿mucho trabajo?, dice Fernando juntando cejas. Pse, pse, responde, Ahora ando buscando a quien está tirando esas bolas de papel de periódico, recorren todo el desierto, hay cientos, asustan a las ovejas. Sí, es una putada, contesta Fernando. Después ya no hablan. Michael paga con un cheque de la Fundación Para la Ley y El Orden, se despiden con un idéntico movimiento de mano sobre la frente, y Fernando le dice, ¡Michael, suerte! El Pontiac sale dibujando una S. Toma la guitarra, clava de nuevo la vista en el fiel del horizonte, y comienza a tontear los acordes de *El coche fantástico*.

Faltaba un poco de energía para que el modelo propuesto como explicación a la reacción nuclear de la *desintegración beta* fuera exacto. Nadie sabía dónde iba a parar esa energía. Pero los científicos poseen una creatividad demasiado fantástica como para detenerse en menudencias, y así, en 1925, el físico teórico Wolfgang Pauli postuló la existencia de una nueva partícula casi fantasma llamada neutrino, sin masa y sin carga eléctrica, que sería la que se llevaría la misteriosa energía que faltaba. Se pusieron a buscarla. Inicialmente se construyó un detector de neutrinos en Dakota del Sur, y hace 5 años otro en las cercanías de Pekín, siempre en las profundidades de alguna mina para evitar contaminaciones de otras partículas que llegan del sol. Consiste en un grandísimo estanque de agua, como un edificio de 6 pisos, en el cual cualquier impureza que se colase, animal, vegetal o mineral, arruinaría el proyecto, y que, efectivamente, detecta 1 ó 2 neutrinos por año. Visto de un golpe, su color es azulado, más azul que cualquier playa marina que se haya visto. Hace tiempo que a Chii-Teen, el físico al cargo, dentro de ese búnker de purísima agua le parece ver racimos de algas que después desaparecen. Pero hoy ya ha visto la cola de una sirena.

Los desiertos, como los enfermos, son objetos, aunque vivos, al borde de todo, en proceso de consumación y fundamentalmente delgados. La piel de ambos es blanca-amarilla, y subsisten extenuados, aunque siempre encuentran un oasis genético que al final los salva. La carestía de recursos les lleva a fantasear situaciones de auténtica abundancia y placer, incluso en los momentos más duros alcanzan cotas de delirio casi lisérgico y acogen a todo tipo de criaturas extrañas en sus dominios con tal de sentir que alguien les quiere y se preocupa por ellos. También, la delgadez de ambos los convierte en los dos objetos más estéticos que pueblan la tierra, y es por eso por lo que Tom, que nació en la *Little America* y que sabe que ya nunca vivirá en la Nevada que vio crecer a sus padres, escogió la profesión de médico.

Una de las Micronaciones más interesantes es El Reino de Ergaland & Vargaland (www.krev.org), creado por dos artistas alemanes. Su Carta Magna comienza de esta manera y define el alcance de su territorio:

"Con efectividad desde el 14 de marzo de 1992, somos los que anexan y ocupan los territorios fronterizos siguientes:

Un Territorio Físico
Dos Territorios Mentales
Un Territorio Digital

1. Territorio Físico: todos los territorios fronterizos entre todos los países de la tierra, y todas las áreas (hasta una anchura de 10 millas náuticas) fuera de las aguas territoriales. Señalamos estos territorios como nuestros. Estos territorios, generalmente de nadie, están en flujo constante, cambian a diario, y sobre toda la Tierra aparecen otros nuevos (ejemplo: la frontera coreana del norte y del sur), o bien desaparecen (la frontera del Este y de la R. F. Alemana en 1989) o bien reaparecen otros que estaban en letargo o sumergidos (las fronteras leto-

nas, estonias y lituanas). También lo observamos en los territorios de pesca de las naciones. Tanto en la teoría como en la práctica, áreas tales como las fronteras entre Tejas y los EE.UU., entre Inglaterra y Escocia o entre Skåne y Suecia son anexados a partir de hoy por el Reino de Elgaland & Vargaland. No se descarta en un futuro anexar también las grandes construcciones abandonadas de las líneas de playa, cuando el turismo definitivamente olvide esa forma caduca de ocio.

2. Existen otras dos zonas de frontera: a) la duermevela, el estado frontera entre la vigila y el sueño y b) los estados de ensimismamiento creativo experimentados en la cotidianeidad. Ambas son zonas híbridas que quedan a partir de hoy anexionadas por los reinos de Elgaland & Vargaland. Territorios que cualquier ciudadano del reino podrá explorar a fin de proponer ahí sus actividades artísticas o mercantiles.

3. El último territorio es el Digital. Actualmente el puerto territorial más grande de la entrada al reino es KREV, que funciona dentro del World Wide Web en: www.krev.org. También vemos CD-Roms y floppydisks con programas de VR como territorios potencialmente ocupables. El espacio KREV Digital es, hasta ahora, un lugar de borde; un lugar de reunión global existente."

De esta manera, una vez dibujado sobre un mapamundi el territorio físico de este Microestado, su resultante será una curva que recorra todas las fronteras, una curva ancha y de longitud potencialmente infinita. Un fractal.

De ahí que su dimensión no sea ni la de una línea, 1, ni la de un plano, 2, sino una facción intermedia, 3/2. En justa correspondencia, todo lo que acontece en ese microestado está en otro cuerpo de realidad. La línea plana del mapa coge relieve, toma cuerpo, borbotea. La embajada en New York, del Reino de Ergaland & Vargaland se hizo oficial en la galería Kate & Versi, en la 5ª Avenida, donde los dueños han cedido un espacio permanente. La embajada en Los Ángeles está en una mansión de Santa Mónica, residencia del embajador y familia, junto a la playa. La embajada en Johannesburgo, Suráfrica, en la última planta de los grandes almacenes Shadows; el cónsul es un hombre que suele estar sentado en una mesa en la sección Muebles de Oficina. La embajada en España está en una gasolinera de la provincia de Albacete, donde el gasolinero, primer español con nacionalidad de Ergaland & Vargaland, ha colado entre las banderas de España y de Lubricantes Wynn´s una del Reino de Ergaland & Vargaland. Ahora anda metido en la composición del himno.

59

Sherry y Clark llegan a Las Vegas una noche de luna cre-
ciente; la observan entre los letreros luminosos y hacen
algún comentario. Encuentran un hotelito en una zona
relativamente devaluada. Al entrar en la habitación
Sherry dice que es mejor que cualquiera de las del
Honey Route y pagan 7 días por adelantado. Vamos
cuanto antes a ver a mi amigo el argentino, le dice Clark
mientras ella se ducha. ¿Pero dónde os conocisteis?,
pregunta Sherry con burbujas de champú en los labios.
Clark no contesta. Guiados por una dirección garabateada en una factura del reparto de refrescos que él
conservaba del Honey Route, y tras varias equivocacio-
nes y más preguntas, llegan al Salsa's Club, pero en la
puerta un hombre de esmoquin les dice que Jorge
Rodolfo hace por lo menos un mes que no se presenta
a trabajar, que no saben nada de él, y les da su dirección,
que escriben en la parte de atrás de la misma factura de
reparto. De regreso al hotel deciden esperar al día
siguiente para ir a verlo. Esa noche, Clark le dice por primera vez, ¿Me dejas hacer una cata? Y Sherry abre sin
preámbulos las piernas y contesta con un susurro, Entra
directo al *foie-gras*. Ambos comienzan a reír con estré-

pito y en ese momento entienden que no necesitan a nadie más, que ellos solos ya se las apañan para sobrevivir. En el tiempo que siguió se concentraron en buscar algún trabajo lo más alejado que fuera posible de la prostitución para Sherry, y lo más alejado posible del negocio del reparto de bebidas para Clark, pero al mes de búsqueda, Sherry sólo obtuvo un empleo de puta en un club del complejo Venecia City, y Clark de repartidor de refrescos para un envasadora llamada Las Vegas Castle, ubicada en el polígono industrial. Ella tenía mejor paga y sacaba propinas más cuantiosas que en el Honey Route, pero él no superaba el sueldo que había dejado atrás, lo que, lejos de generar tensiones, se convirtió en catalizador para una unión más fuerte entre ambos: Clark se esforzaba en superarse y darle a Sherry un futuro mejor, y ella sentía por primera vez en su vida el orgullo de ostentar la cabeza de familia. Al Salsa's Club volvieron muchas veces, al principio para ver si Jorge Rodolfo regresaba [que no], y pasado el tiempo ya sólo para bailar y ver el surtido de atracciones musicales de las cuales el local disponía. Una de esas noches estaban con unos cuantos asiduos viendo el *show* de un ventrílocuo que manejaba 3 muñecos a la vez [uno en cada mano, y el otro, según afirmaba, era él mismo], y Clark pidió una ginebra Gordons con naranjada, bebidas ambas que él repartía semanalmente en ese club. Cuando hubo terminado la copa comenzó sentirse mal y a vomitar, y la piel le adquirió un tono blanco verdoso, como de tapia abandonada. La ambulancia no tardó en llegar, y de camino al hospital Sherry le apretaba la mano sin poder enunciar ni una sola palabra. El informe médico concluyó "parada parcial de constantes vitales por ingestión de sustancia tóxica hallada en botella de zumo de naranja", y se confiscaron todas las partidas envasadas en aquel período en Las Vegas Castle, que terminaron en alguna reventa allá por Centroamérica. Cuando después de casi un mes en coma se despertó, comenzó a hablarle a Sherry de una especie de iluminación que se le había repetido varias veces durante todo aquel tiempo de muerte aparente, se trataba de un castillo que de lejos parecía muy grande pero que al acercarse se hacía cada vez más pequeño, levantado con botellas de refrescos, pero vacías, sólo contenían aire, y que ese aire era justamente la cantidad que le quedaba por respirar hasta su muerte, y que lo había visto claro, y que se iba al norte, a las montañas, para no ver a nadie nunca más y disfrutar él solo ese preciado maná que le quedaba. Ella intentó convencerle para que se quedase, pero él ya no la reconocía. Dejó en la habitación todas sus cosas. Lo único que Sherry conservó de Clark fue aquella factura de reparto en la que él había garabateado la dirección que hasta allí los había llevado.

60

Madrid. Un barrio céntrico. Es un cuarto piso de un edificio en algunas zonas apuntalado y en un claro estado
de abandono. En su interior, desde hace 8 años, per-
manecen 120 cuadros de la pintora norteamericana
surrealista Margaret Marley Modlin. Murió en 1998; su
marido lo hizo 2 años después y el único hijo de ambos
2 años más tarde que el padre. El último trabajo de
Margaret está en el mismo lugar y punto inacabado en el
cual lo dejó. Cuando ella murió, su marido, Elmer, entró
en un bucle de melancólica descomposición y quiso
dejarlo todo tal como estaba cuando ella vivía. Él había
sido actor en Hollywood, y ella profesora de Bellas
Artes en la Universidad de Santa Bárbara, California. Él,
tras haber participado activamente en la culminación de
la bomba de Nagasaki, renegó de su pasado encabezando
actos de protesta contra la política militar norteamericana por todo el país; ya no obtuvo ni un solo papel más
en Hollywood. Aconsejados por Henry Miller, íntimo
de la familia, eligieron España para refugiarse. 1972. Ella
se encierra en el piso de Madrid a pintar y sólo sale 3
veces hasta el momento de su muerte: cuando expuso, 2
veces, y en su propio entierro. El marido y el hijo hacen

las tareas domésticas, las relaciones sociales y se ganan la vida como pueden a fin de que ella continúe pintando. Sus cuadros tienen una clara tendencia al surrealismo de Chirico, espacios amplios que no juegan con la escala sino con los puntos de fuga de lo inanimado, y ahí ella inserta, no a personas, sino arquetipos de personas, y eso, más que surreal, es pura mística: el ser humano y el punto en que desaparece. Como ella, que murió sin dejar rastro. Sólo en uno de sus cuadros hay un árbol.

61

Chii-Teen, tras salir del complejo donde se ubica el detector de neutrinos del cual está al cargo, ha quedado atrapado en un atasco; ya no llega a tiempo. La planitud de la avenida le permite ver sin impedimento el mar de coches detenido. Hoy se inaugura la segunda fase del Museo de Ciencia Ficción de Pekín, que él dirige. Pistolas desintegradoras, la ballesta de *Barbarella*, la Reina Alien de *Aliens*, el Millennium Falcon de *La Guerra de las Galaxias*, la USS Enterprise de *Star Trek*, la pistola de rayos de *Flash Gordon*, el primer ejemplar de *La Máquina del Tiempo* de Wells y también el primero de *Crónicas Marcianas* de Ray Bradbury, todo está allí, al alcance de la Tierra, y sin embargo la nave Mars Polar Lander, piensa mientras manosea el volante, se perdió hace tiempo por un error de cálculo de la NASA y ahora, salvaje, andará por la galaxia emitiendo un rugido que ya nunca oiremos. Aquí deja de pensar. Cruzando entre los coches, justo delante de su automóvil, pasa una china que guarda mucho parecido con su exmujer.

62

Mucho antes de que se conocieran, antes de que oyeran hablar de las micronaciones y decidieran irse a vivir a Isotope Micronation, Hannah vivía en Salt Lake City y Ted en Chicago, donde trabajaba de programador informático para una compañía local de telefonía, ocupación que le apasionaba. Hannah, también programadora, hacía trabajos por su cuenta que después vendía a empresas, y así, encerrada en su apartamento, iba tirando. Pero la verdadera pasión de Hannah nunca había sido la informática, sino la poesía. Habiendo estudiado 3 cursos de literatura española en la Universidad del Estado, se entretuvo en aquella época traduciendo a clásicos que cogía de la biblioteca [las universidades norteamericanas tiene unas excelentes bibliotecas]; San Juan de la Cruz, Jorge Guillén e incluso algún contemporáneo como Valente. Todas las traducciones, decentes pero no óptimas, se las guardaba para sí. Encontraba una gran satisfacción al detectar un mismo pulso poético en las obras despojadas y desnudas de aquellos autores y los programas que ella confeccionaba, cuyo destino consistía en también volverse inmateriales en el interior de las computadoras. Un día, comenzó a escribir sus propios poemas. Aprovechaba cualquier lugar, pero era especialmente en los bares, mientras desayunaba o comía, donde garabateaba en las servilletas las diferentes tentativas e ideas. En pocos meses terminó por confeccionar un poemario bastante peculiar titulado *New Directions*, que recorrió varias editoriales sin éxito hasta que decidió autoeditarlo. Una vez con el libro en sus manos se lo fue haciendo llegar a profesores de la universidad de cuya opinión se fiaba; lo halagaron, y éstos a su vez se lo dieron a unos cuantos críticos, el 5.8% de los cuales lo calificaron de "poemario que hace gala al título", y frases de ese tipo, lo que no impidió que fuera reseñado favorablemente en diversos periódicos y revistas especializadas. Pero el libro, circunscrito únicamente a esos ámbitos académicos, aún no había sido presentado al público. Cuando le sugirieron que era el momento de preparar una presentación a los medios, lo pensó una sola noche y decidió que no, que no le interesaba esa forma de llegar a la gente, que quería llevar a cabo un experimento literario. Hannah había leído muchos textos de *arte conceptual*, de hecho, la atracción que había sentido por los artistas agrupados en torno al movimiento del arte conceptual norteamericano de los 60, Graham, Smithson, Long, Amat, y otros, era lo que inicialmente la había animado a dedicarse a la programación informática, disciplina que veía como herramienta del arte futuro y, por supuesto, conceptual por derecho propio. Esos artistas se iban a un campo, pintaban una línea blanca atravesándolo y lo titulaban *Escultura*, o se iban a unas bocas de desagüe de alcantarillado que expulsan al mar, les hacían una foto, y la titulaban *Monumento De Una Fuente*, y cosas así. Así, la idea de Hannah fue la siguiente: los 2.000 ejemplares de *New Directions* los dedicó uno por uno, de su puño y letra, a un receptor desconocido: "A quien lo haya encontrado. Ahora, si quieres, ya puedes tirarlo. Afectuosamente, la autora, Hannah", después, en sucesivas semanas, de día y de noche, los iba tirando por la calle, en las aceras, debajo de los coches, o los dejaba en las estaciones de metro, autobús, o aeropuertos, acción que desarrolló durante 3 meses por todas las ciudades importantes de los Estados que rodean al de Utah. Ayudada por su hermano Mich documentó todo el proceso debidamente en vídeo y fotografía, para elaborar después un *dossier* que envió a la Asociación de Artistas Conceptuales de Los Ángeles, de Nueva York, y de Boston. La circunstancia importante, la que cambiaría su vida, llegó cuando Ted, que estaba en Denver de paso hacia Big Sur, a donde lo habían enviado a hacer un trabajo en una empresa filial, bajó del autobús, que se detuvo a repostar, y en ese momento en el que los viajeros aprovechan para comer algo e ir al WC del *shopping center*, se sentó en una de las mesas y allí, entre un vaso de Pepsi y una servilleta garabateada, estaba *New Directions*. Devoró el libro en lo que le quedaba de trayecto, pero fue la foto de Hannah en la solapa lo que terminó de enamorarlo.

Ella lo recordó siempre muy bien. Abro la botella, eh. De acuerdo, querida, le contesta Elmer. Margaret descorcha y sirve en dos vasos. Lleva uno hasta la mesa de trabajo de Elmer, acorazado entre cientos de informes, archivos y cartas contra la política militar norteamericana. Fuma. Ella sale al porche, que penetra directamente en la arena de la playa. De pie, apoyada en una de las columnas, ve al fondo las luces de Santa Bárbara. Está segura de que nunca se irá de California. Al día siguiente salían en coche hacia NY, un viaje muchas veces hablado, que durará 11 días, y que ahora se justifica por la apertura de una exposición de Margaret en la Carrintong Gallery. Elmer sale al porche y brinda con la copa fría en la espalda de Margaret, que da un pequeño salto. ¿Todo preparado, querida? Más o menos, responde ella. Antes de que amanezca parten en el Buik convertible del 63. Ella lo recordó siempre muy bien, sobre todo cuando se fueron a vivir a Madrid y miraba por la ventana y veía los árboles de la línea de fuga de la Gran Vía: rodaban por la US50, temían quedarse sin gasolina y Elmer decía esas tonterías que dicen quienes no tienen ni idea de lo que es el proceso creativo, del tipo: El desierto es un poco como tus pinturas, ¿no crees, Margaret? No sé, a veces, respondía ella divertida. Hasta que recortado contra las montañas vieron un árbol, Es un álamo, dijo ella una vez detenidos bajo su sombra. Lo miró con atención, Se está muriendo, concluyó. Abrió el capó de un golpe, giró un tapón situado en la parte de abajo del radiador y llenó un vaso con su agua. Se encaminó hacia la base del árbol y allí la vertió. Fue absorbida al instante y dejó un agujero anal en la tierra. Llevaba una falda de punto gris, un jersey de pico rojo, zapatos de punta con tacón plano, y un moño.

64

Una forma de garantizar el carácter reservado de las transmisiones por Internet consiste en *encriptarlas*: manipular y enrevesar la información a fin de volverla ininteligible durante el tiempo que dure la transmisión, hasta que llegue al lugar de destino, donde es *desencriptada*. Hasta hace unos 25 años, la norteamericana Agencia Nacional de Seguridad (NSA) poseía el monopolio de la técnica de encriptación, especialidad mantenida en celoso secreto. En 1976, un artículo fundamental "New Directions in Crytptography", en el que Diffie y Hellman, ambos de la Universidad de Standford, expusieron abiertamente la noción de "criptografía de clave pública", cambió el panorama. En los sistemas secretos de la NSA la criptografía era, en realidad, muy básica pues dado que ellos tenían el monopolio, el canal era muy seguro, y si existe un canal seguro ¿qué necesidad hay de una complicada encriptación? Esta limitación, derivada de la perfección del sistema, había entorpecido el desarrollo de la criptografía. Por el contrario, la red Internet, el canal más inseguro que existe, ha generado una altísima cota de perfección en materia de criptográfica.

P. R. Zimmermann

123

Justo en la franja limítrofe del sur de París donde Guy
Debord y sus correligionarios Situacionistas en 1960
ponían en práctica su Teoría de la Deriva, ahora hay un
gran número de casetas de obra habitadas y dispersas en
aparente azar. No hay rastro de los edificios que en el 60
estaban en construcción. Sólo quedan estos habitáculos
de chapa, casi inmodificados, que los obreros utilizaban
para cambiarse de ropa y comer el bocadillo, ahora
tomados por vivienda por ciento y pico personas. Peter
es un artista de San Francisco que atraído por el Land
Art llegó a Europa hace un par de años. Estos territorios híbridos, le dice a Françoise mientras le acerca la
lata de raviolis para acto seguido señalar con el dedo el
acúmulo de casetas, Son auténticas obras de arte creadas
por la unión de elementos extraños. Françoise coge el
abrelatas, y con una pericia tal que parecía que hubiera
nacido con uno bajo el brazo la abre en un par de segundos, y vierte el contenido en un pequeño cazo. Peter
presta atención al movimiento parabólico de su pecho, y
a sus pies descalzos. Se sientan en la sombra, mirando la
puerta de la caseta, que está abierta. Entra un haz de luz
muy definido que calienta la chapa, y ésta gana un color

vaporoso de espejismo, como si la propia luz se cociese a su contacto. ¿Tú sabes, le dice Peter, que hubo un artista norteamericano que en los 60 definió a una autopista en construcción de las afueras de New York como obra de arte? Françoise dice no con la cabeza. Tus pies son grandes y bonitos, continúa Peter, como este lugar, como aquella autopista, también en construcción. Los tiene destrozados, la indigencia hace su trabajo. Apagan el fuego, se van pasando el cazo y la cuchara. Los raviolis de esta marca, dice Peter, como le ocurre a la caza, así, recién caducados, son exquisitos, ¿que no? Françoise no para de examinarse los pies.

Ahora Billy the Kid ve muy claro que aquel zapato marrón tan quieto y tirado en mitad del asfalto por fuerza no podía ser bueno. Parpadea en la pantalla de su PC una fotografía editada en *The New York Times* digital. Por lo visto es muy famosa, pero él no lo sabe porque a los 12 años la fama no existe, y si existe es otra cosa. Se trata de un hombre que está de pie, también muy quieto y sobre el asfalto, en mitad de una calle desierta de Hiroshima. Sujeta un paraguas abierto y mira el hongo nuclear que crece al fondo.

67

Ahora Billy the Kid ve muy claro que aquel zapato marrón tan quieto y tirado en mitad del asfalto por fuerza no podía ser bueno. Parpadea en la pantalla de su PC una fotografía editada en *The New York Times* digital. Por lo visto es muy famosa, pero él no lo sabe porque a los 12 años la fama no existe, y si existe es otra cosa. Se trata de un hombre que está de pie, también muy quieto y sobre el asfalto, en mitad de una calle desierta de Hiroshima. Sujeta un paraguas abierto y mira el hongo nuclear que crece al fondo. Ahí el relato de la fotografía se detiene, y el ejercicio consiste en preguntarse de qué pretendía protegerse ese hombre con aquel paraguas, qué destino creía poder refutar, qué fue de su vida en adelante. Existen 3 soluciones al enigma. La primera es de carácter negativo: en un típico arrebato nipón, el japonés se enoja, echa a correr hacia la masa nuclear y perece en el acto. La segunda es de carácter neutro: su umbral de enojo se ve desbordado y ese giro le hace comprender al enemigo, sus motivos, sus hijos, las familias a las que defiende, y en un exceso de compasión se pasa a las filas de enfrente, salvando así la vida que se desarrollará felizmente en un almacén de frutas en alguna población de tamaño medio en Norteamérica durante unos cuantos años, antes de que el cáncer lo corroa definitivamente. La tercera es de carácter positivo: queda fascinado por la plástica de esa visión, que se le antoja sublime, de arquetipo místico, y la fotografía varias veces con una Instamatic que como buen japonés lleva en el bolsillo, y abre el paraguas para emular la forma del hongo, y pide que, a su vez, también a él lo fotografíen, dando inicio así a la leyenda de esa foto (en esta versión es irrelevante si finalmente vive o muere). Existe una cuarta, pero que excede al Orbe Oriental y acaso el Occidental; el japonés nunca existió, ni su soledad ni su paraguas, como tampoco existieron ni la bomba, ni Hiroshima, ni los Estados Unidos de América, ni los insectos, ni los árboles, ni los pechos de la mujer, porque todo cuanto vemos, incluida la raza humana, es un inmenso holograma concebido por alguien que nos observa, un reflejo en una pantalla plana de una especie de cósmico PC. En ese mundo ilusorio el japonés bien pude pensar que el hongo nuclear es el Árbol de la Vida del cual cuelgan cascotes y radiaciones como bolas de navidad. O algo así.

68

La revista *Artforum*, en su número de diciembre de 1966, publica el viaje/experiencia, de Tony Smith. Se trataba de, aprovechando el cese de los trabajos en horas nocturnas, recorrer en coche una autopista en construcción en las afueras de Nueva York. A esta acción, en su día polémica e inclasificable, se la considera el origen del Land Art, y a Smith el abuelo del arte minimalista americano. En esa cinta de asfalto negra, aún sin marcas, una mezcla entre naturaleza y civilización que atraviesa lugares marginales, Smith experimenta, según relata, algo así como un éxtasis, una situación casi inefable, a la que define como "el fin del arte". "La noche era oscura y no había ni luces, ni señales de borde, ni líneas, ni barandillas, ni nada, excepto el oscuro pavimento avanzando por el paisaje de las llanuras, bordeado por algunas colinas en la distancia, y puntuado por chimeneas, torres, columnas de humo y luces de colores. Este viaje en coche fue una experiencia reveladora. Tanto la carretera como gran parte del paisaje eran artificiales, y no podían considerarse como una obra de arte. Pero por otra parte me produjeron un efecto que el arte jamás me había producido. Primero no sabía de qué se trataba, pero a medida que pasaban los kilómetros, vi que me liberaba de muchos de los puntos de vista que yo tenía acerca del arte. Parecía que hubiese allí una realidad que nunca hubiese tenido una expresión artística hasta entonces."

69

Al sureste de China acaba de llegar el cómic de moda en India. No se trata de una traducción del Spiderman norteamericano al hindú o al chino, sino de una estricta transcreación del personaje. De cintura para arriba el atuendo es el mismo, la malla con la araña estampada y la clásica máscara, pero de cintura para abajo cambia sus mallas azules y rojas por un *dhoti*, una esponjosa gasa enrollada a cada pierna como los típicos pantalones hindús, y calza babuchas de cuero terminadas en una punta que mira al cielo. Sin llegar a rasgos orientales, es más moreno que Peter Parker, y sus aventuras se desarrollan en los barrios del viejo Bombay, acosado por un malvado que ya no es el conocido Duende Verde, sino Rakshasa, un demonio de la mitología india con cuerpo de hombre y cabeza de monstruo. Todo este producto de mezcla fascina a los chinos, pero porque lo comparan constantemente con los ejemplares originales americanos que les proporcionan las tiendas de *Little America*. Se diría que a los chinos lo que menos les importa son las historias en sí, y su fuente habitual de fantasía consiste en ver quién encuentra más diferencias entre una determinada viñeta del americano y su bastarda oriental.

131

Cualquier obsesión en manos chinas puede convertirse rápidamente en amenaza, así que esta manía le está comiendo terreno al surf: si bien éste sólo estaba destinado a los hombres más viejos, lo de Spiderman abarca todas las edades y núcleos sociales. Fue ésta la única manera por la que el joven Kao Cheng, de un arrabal de la ciudad de Punh, pudo establecer un contacto con Ling-O, la hija de un alto funcionario, al encontrarse casualmente el uno al lado del otro en la misma librería-kiosko, ensimismados con ese juego de las diferencias. Yo encontré 43, Pues yo 377. Y así. Pero como la dirección artística y guión corren a cargo del arquitecto hindú Jeevan J. Khang, hay una diferencia más profunda entre ambas versiones del superhéroe, diferencia que podemos llamar "de estructura", y que lleva a estas nuevas a un auténtico punto de ebullición racionalista. En efecto, en su afán por no perder un quimérico espíritu americano, Jeevan ha cargado las tintas, y las tramas, más que historias ilustradas parecen teoremas desarrollados a base de concatenaciones silogísticas tan maquínicas que incluso cuando la historia se relaja y suelta amarras, más que proliferar a un plano fantástico se aprecia claramente que la *máquina de narrar* se ha estropeado para siempre; como cuando un motor suelta su último suspiro y entra en la esfera del sueño, sí, pero del sueño eterno. El argentino Jorge Rodolfo Fernández, en su habitación de *Budget Suites of America*, está leyendo repetidamente y en voz alta este pasaje de Ernesto Sábato: "Borges plantea sus cuentos como teoremas, por ejemplo, en "La Muerte y La Brújula", el detective Erik Lönnrot no es un

132

ser de carne y hueso: es un títere simbólico que obedece ciegamente -o lúcidamente, es lo mismo- a una ley matemática; no se resiste, como la hipotenusa no puede resistirse a que se demuestre con ella el teorema de Pitágoras; su belleza reside, justamente, en que no puede resistir".

Detrás del acúmulo de casetas de obra, a unos 100 m
más o menos de la de Peter y 120 de la de Françoise,
existen unos bloques de edificios de 4 ó 5 plantas cuyas
fachadas han sido tomadas por estudiantes de arquitectura de la Escuela de París 7. Peter observa cada día
cómo estos estudiantes van conformando lo que constituye su proyecto fin de carrera. Se trata también de
casetas de obra, como las de su campamento, pero nuevas, de chapa y colores vivos, que están siendo apoyadas
sobre unas pequeñas plataformas puestas a tal efecto en
las fachadas de los edificios. Parecen incrustadas,
comenta Louis, una exalcohólica de las casetas de la
zona sur. O como si flotaran, dice Françoise, mientras se
mira las imperfecciones de sus pies. Peter está fascinado
ante una hibridación de tal magnitud y osadía; permanece en silencio mientras mira ese enjambre de cubos
sobresalientes que le da a aquellos bloques de pisos una
nueva configuración como de videojuego Tetris. Ante
esto, no hay galería ni Louvre que valga, le comenta el
director del proyecto a un vecino, Esto es puro urbanismo genéticamente modificado. Los estudiantes lo
plantean como una acción que sintetiza el riesgo creati-

vo que supone proponer nuevas formas de habitar la ciudad creando espacios tangenciales, que emergen como a otra dimensión agujerando el vertical mapa, y la denuncia por reducción al absurdo de la imposibilidad de adquirir una vivienda hoy por hoy en París. Excusándose en tal espectáculo, Louis ha vuelto a beber. Lo hizo la otra noche, ante la fogata que encienden en mitad del campamento, donde han improvisado un ágora en la que espontáneamente se reúnen desde hace años grupos de las ciento y pico casetas. Como los estudiantes están a pie de obra, a veces se les hace tarde y de vez en cuando son invitados a cenar y beber alrededor de la hoguera. Hablan mucho y desglosan el proyecto ante la mirada atenta e incrédula de los veteranos casetistas. Varios platos de sopa y vino de mesa van pasando hasta las tantas. Un hombre mayor llamado Tierry, dice, Qué bonito, ahora las casas, con esas cosas colgando, parecen cajas de regalos. Y otro dice otra cosa aún más atrevida, y así. Y tú qué dices, Peter, le pregunta Françoise. Nada, responde mirando la caduca verticalidad de las llamas. Pero lo que en realidad piensa es que hace 46 años las viviendas eran muy diferentes a como lo son hoy en día, y sin embargo su caseta, de una antigüedad de 46 años, y las que hoy están poniendo estos chicos apenas se diferencian en nada.

Nos encontramos inmersos en un invisible océano de ondas electromagnéticas. Proceden de multitud de fuentes: antenas de radiodifusión, estaciones de telefonía celular, transmisiones de la policía y de otros servicios civiles o militares. Aunque estas radiaciones no nos ocasionan perjuicio físico alguno, sí pueden mermar notablemente nuestra capacidad de recibir y transmitir información. El exceso de energía radioeléctrica contamina el entorno porque perturba e interfiere las comunicaciones útiles. Así como hay que alzar la voz en los ambientes ruidosos, las señales de radio se han de amplificar para que destaquen sobre el ruido de fondo electromagnético. El problema puede solucionarse mediante un nuevo tipo de antenas de radio que en vez de radiar innecesariamente en todas las direcciones la energía necesaria para, por ejemplo, una llamada por teléfono móvil, siguen la posición del usuario a medida que se desplaza y le envían directamente las señales de radio que le estén destinadas. Como si las antenas tendiesen hilos virtuales que las conectasen con cada ser humano tecnificado.

Martin Cooper

72

Al día siguiente Peter tiró sus libros de arte contemporáneo a la hoguera, y al siguiente se fue.

137

Respecto a los saludos que dispensaba Samantha a los
caminantes, camioneros y viajeros en general cuando
pasaban por delante del Honey Route mientras se hacía
las uñas de los pies en el porche a media tarde, esa hora
en la que aún no hay clientes y las chicas no están emba-
durnadas de saliva, hay que decir que sólo tenían como
propósito desear un buen viaje, afirmarse en la idea de
que existía un mundo más allá de sus uñas y su porche,
y nada más. Por eso cuando un hombre frenó en seco su
Ford Scorpio y se acercó a Samantha y le cogió de la
mano para decirle de golpe lo guapa que era, se le encendieron las mejillas y a punto estuvo de soltar una lágrima
sobre la laca de uñas roja que la emoción le había hecho
derramar al suelo. Mientras tomaba algo, sentado a su
lado, dijo llamarse Pat, Pat Garret, y no tardaron en
besarse, lo que les llevó casi inmediatamente a la habitación. Samantha jamás había estado con un hombre a esa
hora en la habitación. De repente, como otra vida. Pat
tenía una afición: coleccionar fotografías encontradas.
Toda valía con tal de que salieran figuras humanas y
fuera encontrada. Viajaba con una maleta llena.
Mientras miraba un punto fijo en la pared de la habita-

ción, le contó que después de haber trabajado en un banco en LA, había heredado inesperadamente, así que dejó el trabajo. Su afición por las fotografías le venía del banco, por culpa de ver a tanta gente; siempre imaginaba cómo serían sus caras, sus cuerpos, en otro contexto, más allá de la ventanilla, que era también como el marco de una fotografía. Pero tras haber cobrado la herencia, su otra afición, el juego, lo había llevado a perderla casi en su totalidad. Ahora se dirigía al Este, a Nueva York, en busca de más fotografías, Aquí, en el Oeste, siempre andamos a vueltas con los paisajes, pero allí todo son retratos, le dijo. Abrió la maleta y le fue dando las fotos, que ella miró una a una sin atención pero con ganas de comprender. En un momento dado él le dijo señalando con el dedo una foto en la que un grupo de colegialas posaban un día de fin de curso del 78, ¿Ves a esta niña de ahí? ¡Es tan guapa que podrías haber sido tú! Entonces Samantha se armó un taco imaginando todas esas vidas que ahora, emulsionadas, pasaban por sus manos, pero un taco que le hizo creer por un momento que tenía una gigantesca familia más allá de las compañeras de burdel y hombres de carretera. Cayó sobre el pecho de Pat y lo abrazó. Él le dijo, Te llevaré conmigo a Nueva York. Se quedó muchos días más, ella le preparaba la comida y no salían de la habitación. La noche que Pat se fue, a Samantha le despertó el motor del Ford. No se movió de la cama, pero estuvo despierta hasta que amaneció, y ya de mañana, tras descartar que se hubiera ido a Carson City a por tabaco, se sentó en el porche a hacerse las uñas de nuevo, y lo olvidó todo y saludó a un joven que con una mochila del ejército pasaba caminando hacia la US50, y le gritó, ¡Si ves a un tipo en un Ford Scorpio Rojo que viaja solo hacia Nueva York dile que vuelva! Él ni la miró. Ahora habrá dos maletas llenas de fotos tiradas en dos lugares del desierto. Rostros, familias, posibles parejas que ya sólo serán teóricas, retratos de una y otra maleta que no llegarán a encontrarse.

74

En su imparable obsesión por la experimentación en la
grabación de ruidos y su posterior procesado para dar-
les una forma sinfónica, el joven Sokolov ya sólo se
dedica a registrar en su grabadora las entrañas de las
casas que, como él ha descubierto, están recorridas a
cada instante por un canal ramificado de sonidos únicamente audibles con aparatos creados en su mayoría por
él a tal efecto. Después de estudiar detenidamente las
zonas de la ciudad que le convienen según las caracterís-
ticas constructivas, pide que le cedan una habitación en
un edificio en la que instalarse durante un par de días.
Atrás quedó su interés por registrar el sonido de las
calles de Chicago, de los coches que pasan, de los gra-
fiteros, y de todo aquello. Su abuela piensa que esa
obsesión por los edificios le viene del accidente que a los
10 años le había sepultado en el sótano de su casa en
Polonia, matando a sus padres, pero él sabe que no, que
en realidad todo se gestó cuando aún era un feto,
momento en el que el sentido más desarrollado es el
auditivo. Su siguiente objetivo es el World Trade Center,
Nueva York. En las oficinas de la BP, piso 77, le han
permitido montar su laboratorio sonoro. Pretende reco-

ger todos los sonidos que, en ese piso totalmente aislado del exterior, jamás llegan a oírse: el vuelo de un pájaro a ras de la ventana, el paso de un helicóptero, el silbido de un limpiacristales o del viento, así como los ruidos imperceptibles de las cañerías, las vibraciones de la estructura, el cimbreo de las antenas, las cisternas de los 100 pisos circundantes, el zumbido parásito que emiten los cables de electricidad, el rodar de las ruedas de los coches del parking del sótano, el ring de las cajas registradoras de las tiendas de las plantas bajas, etc. Coloca micrófonos garza exteriores, micrófonos tipo membrana pegados a los cristales y bajo la moqueta, otros hidrófugos en los desagües, en el interior de los enchufes, y como cuando por capilaridad el café sube por el azucarillo si mojamos sólo la punta, o como cuando la savia de un árbol sube de las raíces a las hojas impulsada por una fuerza sólo explicable mediante arquetipos vectoriales, todo el sonido oculto del edificio sube también hasta sus auriculares; escucha los latidos de lo inerte, vive una experiencia íntima con el edificio, devuelve a la habitación los sonidos que le son suyos. Respecto al origen de su obsesión por los sonidos de los edificios, ha pensado que quizá tenga que darle la razón a su abuela, porque hoy le ha parecido distinguir entre la maraña de ruidos del World Trade Center las últimas voces de sus padres.

Imagen congelada: En la técnica de la *imagen congelada* el tiempo cesa de moverse físicamente en la imagen. Muchos films terminan con imagen parada, deteniendo así el movimiento. Otros directores utilizan este efecto para terminar una secuencia: se para la imagen y al cabo de un rato se desvanece en fundido cerrado. En mitad de una secuencia, a veces se para el final de un plano para llamar la atención sobre un hecho o sobre un personaje. Se han obtenido efectos increíbles parando zooms en avance.

Daniel Arijon

76

El polvo que levantan las miles de construcciones que se están llevando a cabo en Pekín, obliga a sus autoridades a replantearse por primera vez la velocidad de su occidentalizado crecimiento. Hasta la cercana ciudad de Dalian, que tiene puerto en Yellow Sea, el viento arrastra grandes masas cuasi-sólidas [sólidos virtuales, podemos llamarles] de arena y cemento que se depositan sobre el mar, cada vez más sólido y amarillo también. Irán cubriendo Pekín diferentes capas hasta que sobresalgan únicamente las puntas de los más altos rascacielos para, finalmente, convertirse en un desierto. Y en ese momento en nada se diferenciará de un desierto de España, Marruecos, Mongolia o Norteamérica. Igual que todo el agua y todos los PCs de la tierra está conectados de alguna u otra manera, también todos los desiertos son el mismo [y también por lo tanto las ciudades que sepultan, en las que habiendo desaparecido calles, plazas y autopistas ya sólo existe una dirección reconocible: la que define el vector de gravedad que apunta al centro de una tierra cada vez más lejana].

Jorge Rodolfo Fernández pasea sin descanso por el interior de su apartamento de *Budget Suites of America*. Hace días que no se presenta al trabajo en Las Vegas Boulevard. Recorre los 5 metros que hay de pared a pared, donde gira para ir hacia la otra, y vuelta a empezar, día y noche, hasta que cae rendido en el colchón un mínimo de horas para levantarse y continuar esa trayectoria. No es que tenga una enfermedad importante, como aquel perro del vecino que enloqueció y comenzó a correr en círculo varios días hasta que labró un surco circular en la tierra de medio metro y cayó muerto [resultó ser un coyote], tampoco es que lo hayan echado del trabajo por excederse en sus funciones de recoge-vasos, ni que le haya llegado una carta desde Buenos Aires anunciando la inminente muerte de su madre, no, es algo mucho más grave, ha perdido su fe en Jorge Luis Borges. No sabe cómo ocurrió, pero un día se levantó, miró el retrato del maestro, y lo supo por la presión negativa que dentro de su cuerpo se ejercía fruto de un nuevo y extraño vacío. Sintió entonces que la foto ya no le miraba, que era un rostro que parecía haber sido retratado sin vocación de mirar al futuro: el retrato sólo eran

2 ojos enraizados en el áspero metal y la plata de su estricto presente, hacía ahora 68 años. Después intentó leer textos del autor y a las 2 primeras líneas ya le aburrían. Llegó a pensar que esa sensación de pura intransitividad cuando cogía la foto y le miraba a los ojos era debido a que Borges era ciego, pero desechó este argumento por fantástico o porque, en cualquier caso, le pareció que no venía a cuento. Desde entonces, no sabe de qué manera recuperar la fe perdida y rebota con la vista fija en el suelo de una pared a otra. Cuando llega a una pared piensa que ahí se desdobla en 2 Jorge Rodolfos: el uno gira sobre sus pies para iniciar de nuevo el movimiento cíclico y continuar siendo el mismo, y el otro no gira y sigue recto para siempre perdiéndose en la nebulosa trayectoria de aquello que no conoce ni pasado ni futuro y que es propio de los insectos blandos y las partículas de luz; y que éste que continúa se desdoblará a su vez de nuevo en 2, un desgraciado que gira y regresa, y un iluso que continúa, que a su vez volverá a separarse en dos y así hasta formar esa estructura arracimada en bucles que constituye la conciencia. Afuera, delante de su apartamento, sentados en una acera improvisada hay una pareja de jóvenes. Hablan de viajar, barajan Denver, Los Ángeles, o por qué no, París, se emocionan y fuman, pero da igual porque no tienen dinero y hace tiempo que saben que el viaje es una actividad anticuada y absurda, ocio para horteras de un siglo ya pasado.

Los Sex Pistols habían desbrozado el terreno, lo habían arrasado. No quedaba nada excepto la ciudad, que se erguía como si nada hubiera ocurrido. Hay un retazo de suciedad humeante en medio de la ciudad, en la que un cartel envuelto por la neblina pone: LIQUIDACIÓN POR INCENDIO. La gente que rodea el espacio vacío no sabe qué hacer ahora. No saben qué decir; todo aquello de lo que solían hablar ha sido parodiado hasta la estupidez a medida que las viejas palabras surgen de su boca. Tienen la boca llena de bilis, son atraídos hacia el vacío, pero retroceden. "La definición de nihilismo de Rozanov es la mejor", había dicho en 1967 el Situacionista Raoul Vaneignem en *Tratado de Saber Vivir Para Uso de Las Jóvenes Generaciones*: "el espectáculo ha terminado. El público se levanta y abandona sus asientos. Es la hora de recoger los abrigos e irse a casa. Se dan la vuelta... Ya no existen sus abrigos ni tampoco sus casas". Éstas están donde ellos se encuentran.

Greil Marcus

79

El nómada toma por hogar una idea. Los grandes
nómadas son personas de ideas inamovibles, en tanto
van dejando atrás personas y ciudades. Michael Landon
llegó cansado y muy tarde de los estudios de la Fox;
la casa estaba fría, desordenada y desprovista de personalidad. Unos muebles regalados. El cubo de la basura
desbordado. La grabación de los capítulos de la 5ª
temporada de *Autopista al Cielo* consumía toda su capacidad de nomadismo; ahora esta casa era el eventual
refugio que todo viajero tarde o temprano necesita. Se
sirvió un güisqui sin hielo y escogió al azar un vídeo
porno de la estantería. Mientras la cinta giraba se calen-
tó un sándwich que había traído del catering. Una mujer
corría por un bosque perseguida por dos hombres, al
final caía rendida debajo de un árbol y allí se dejaba
penetrar. No atendió demasiado a la película. Se despertó cuando pasaban los créditos, según los cuales, los
exteriores habían sido grabados en un bosque del
Estado de Nevada, el mismo bosque en el que hacía
20 años él había localizado un capítulo de *La casa de la
pradera*, 1972, recordó con nostalgia, la crisis del petróleo, Berkeley era un hervidero, Bertolucci estrenaba *El*

ultimo tango en París, en los Juegos Olímpicos de Munich
un comando palestino secuestraba a 9 atletas israelíes y
les daba muerte, Nixon era el primer presidente norteamericano en visitar China, Susan Sontang había publicado
Contra la interpretación. Volvió a caer dormido en el sofá.
Esa noche fue la más nómada de todas pues tomó como
hogar la idea definitiva, la única involuntaria, la muerte.

80

Hace 3 días que nadie para a repostar. Fernando se entretiene hojeando las revistas que tiene a la venta en el expositor, montadas en hilera unas sobre otras porque así le recuerdan al lomo escamado de un pez. Tiene entre sus manos el número de hace 6 meses de *Letras Libres*, "El pasado es lo que recordamos del pasado, y ese recuerdo es una miscelánea de fragmentos que ahora, en el presente, pegamos y atamos. Así, el pasado no existe, sólo existe el presente en el que esa composición emulsiona siguiendo sus propias reglas para hacerse también presente. Pero hay algo más terrible todavía: si ni siquiera existe el pasado, ¿cómo entonces puede existir el futuro? Incuso esa ciencia llamada Futurología habla de lo que nunca existirá, porque si no, por definición, dejaría de llamarse Futurología. En un desierto Presente nos movemos delimitados por esos dos espejismos, El Pasado y El Futuro." Y al final de la hoja, a reglón seguido, Fernando agarra un BIC y escribe: "En efecto, de la misma manera que lo terrible del 23-F no fue que un espontáneo con bigote tomara al asalto el Congreso de los Diputados (está en nuestra Historia el asilvestramiento, lo necesitamos para mantener la identidad), sino que lo terrible fueron los disparos de arma reglamentaria que recibieron los albañiles que estaban reparando el tejado." Arranca la hoja y la tira a un lote, a su derecha, con el que hará grandes bolas de papel.

Tumbado de medio lado en la cama del hospital, Ernesto Che Guevara observa a su derecha la máquina a la que está enchufado desde hace 3 días. Supuestamente, dibuja en la pantalla una curva que en tanto no sea plana indica que la cosa va bien. Aunque por el trato que ha recibido hasta ahora se sorprende de la eficacia de la medicina vietnamita, piensa a menudo en cómo serían las cosas si estuviera en Cuba o en Las Vegas. Aunque es mediodía, las persianas casi bajadas inducen una penumbra espesa que se suma al 98% de humedad relativa del aire. Observa la máquina que, cuando está en *stand-by*, oscurece su pantalla a fin de ahorrar energía y sólo queda bajo ella, como testigo, un pequeño círculo de plástico transparente dentro del cual hay una luz naranja que parpadea. Cada 3 segundos se enciende lentamente y se apaga. Lleva horas con la vista fija en ella, pero de la misma manera en que nos ensimismamos con el fuego o con el temblor de una estrella. Observa que, por algún error, la pequeña lámpara del interior está levemente desplazada hacia la parte inferior de ese círculo, con lo cual, cuando se ilumina, a Ernesto la forma final le recuerda más que a un círculo, a un huevo.

Un huevo que aparece y 3 segundos después se funde en negro. Le resulta paradójico que la misma máquina que certifica la defunción de una persona lo haga con ese icono oval, símbolo por antonomasia de vida.

En algún momento de su travesía Falconetti decide regresar a San Francisco. Piensa que si él no puede dar la vuelta a la Tierra, por lo menos que la Tierra la dé por él. Compra una bola del mundo del tamaño de un balón de playa, y con un rotulador indeleble pinta un monigote sobre la Cuidad de San Francisco, y al lado escribe su nombre. A la mañana siguiente, en East Bay la tira al mar.

Payne no dejó que el botones le metiera las 3 tablas de surf en el armario ropero para hacerlo él mismo. Situado en el corazón del Pekín moderno, desde la habitación del piso 33 se veía toda una colección de rascacielos de vidrio y acero, y entre ellos, serpenteada y laberíntica, una sucesión de pequeñas construcciones de no más de 2 alturas intercaladas con tenderetes, puestos de venta diversa y domicilios anexados. A 15 días vista de la competición prefirió que su padre le pagara este lujo de 5 estrellas como terapia de meditación antes de abordar las olas. Estuvo observando el tren aéreo que se perdía entre los altos edificios sustentado sobre anchas columnas que cada 20 metros sostienen los raíles y la estructura. Cronometró que cada 5.50 minutos pasaba uno. Pulsó el 0 para que le trajeran una bolsa de patatas fritas. Ya en todo el viaje desde Londres había venido tarareando *Cemetry Gates*, "Es un día inquietante y soleado, así que quedamos en la puerta del cementerio, Keats y Yates están de tu lado, pero Wilde lo está del mío...", aquella canción de The Smiths que creía ya tener olvidada, cosa que le pareció curiosa cuando vio que a 2 manzanas del hotel, el tren aéreo pasaba por encima de un cementerio, entre el parque frondoso y la ABC Tower. A Payne le gustaban todos los hoteles por lo que cada piso posee de estrato de soledad; arriba del todo, en el último estrato, la soledad alcanza su punto máximo, pero también lo alcanzan la buena vista y el confort. Una soledad narcótica, acogedora, que jamás te obliga a salir. Uno puede estar temporadas enteras encerrado allí sin hacer nada, como si toda la sociedad se confabulase para organizarte una dulce cámara de nada, de historias inventadas de quienes antes pasaron por allí, de un pelo que encuentras en el lavabo y cosas así. Se tumbó a descansar. Siempre que estaba muy lejos de casa pensaba en Robert, su hermano mayor, el que hacía años se había desprendido de la figura paterna para ir a buscarse la vida a Norteamérica. Lo último que sabía de él es que vivía en una pequeña ciudad del Medio Oeste, que trabajaba en un banco y que tenía una avioneta de una hélice. Había sido ese hermano quien, cuando aún vivían con la familia en Londres, siendo pequeño le incitó involuntariamente a practicar surf cuando le dijo: "El equilibrio sobre el agua no te iguala a las canoas, sino a los pájaros". Y aunque hoy sabe que tenía parte de razón, lo cierto es que las veces que se sintió más cerca del equilibrio de los pájaros fue meando en un orinal: un accidente lo tenía postrado, se había ido con la tabla contra unas rocas con el resultado de varias costillas y la cadera rota, y en el hospital, en el momento de mear en un recipiente que guardaba debajo de la cama, se sentaba en el borde, abría ligeramente las piernas, miraba a un punto al frente que rápidamente se desdibujaba, y soltaba el chorro que caía, como ya todo su cuerpo, a un lugar lejano e indefinido, con una penetrante sensación de ingravidez, de absoluta flotación, de biología, por desaparecida, bien diseñada. Su hermano Robert, por su parte, aún estando en Londres, había iniciado una ingeniería, que dejó a la mitad, y fue en ese momento cuando partió a Norteamérica. Llegó la bolsa de patatas y encendió la tele. En la Star Movies ponían *Salem's Lot*, y le hizo gracia David Soul en el papel de sesudo escritor que busca zombis y vampiros en la América profunda en vez del consabido Hutch de *Starsky y Hutch*. Aún no había terminado las patatas cuando sonó el teléfono. Era Kelly. Estaba en una pensión de la zona sur con otros cuantos participantes llegados de Los Ángeles. Decidieron quedar para verse al margen del grupo. Mientras Payne sostenía el teléfono veía el cementerio y se le ocurrió que podían quedar en su puerta. Vale, respondió ella. Dame 1 hora.

84

Una ciudad en la noche vista desde el cielo. Piensa. Una casa, una luz que se apaga. Al instante un número indeterminado de luces a su alrededor también se apagan, y en cascada el círculo oscuro va ampliando su radio hasta que toda la ciudad deja de verse. Piensa. Un país en la noche visto desde el cielo, una ciudad es un punto de luz que de repente apaga. Inmediatamente después van apagándose en círculo las ciudades próximas hasta que la oscuridad del país alcanza sus fronteras. Piensa. Un continente visto en la noche desde el cielo. La luz que es un solo país se apaga y así todas hasta volverse negro el continente. Piensa. El Globo Terráqueo visto en la noche desde el cielo. Cada continente es un punto de luz que ahora se apaga. Por efecto dominó se apagan todos los continentes adyacentes hasta quedar en tiniebla toda esa cara de la Tierra. Piensa. Sólo eso, piensa. En la otra cara aún es de día. Pero piénsalo bien.

El nuevo capitalismo, el del siglo 21, no sólo ofrece productos de consumo para sentir a través de ellos un estatus
o una ensoñación, eso está ya superado, lo que hace es
crear una auténtica realidad paralela que se erige en
única a través de los medios de comunicación. Así que
más que nunca la común Realidad imita a lo artificial, al
Arte. Ahora bien, ese Arte, que ya es la nueva Realidad,
agobia por excesivamente estándar, por eso los chinos
hace tiempo que copian todo lo Occidental pero introdu-
ciéndole ciertas transformaciones; lo *customizan*. Copian
canciones y álbumes enteros de artistas occidentales, réplicas exactas de Madonna, Radiohead, o Strokes pero
cantadas por chinos. O los rascacielos, réplicas de los
norteamericanos pero con ligeras variaciones ornamenta-
les de arquitectura clásica china. La lista es inmensa. Los
ancianos de *Little America* que están participando en el
campeonato internacional de surf de Tapia, Asturias,
España, han traído su equipo también modificado y, por
ejemplo, la quilla trasera de las tablas está trabajada con
motivos escultóricos chinos [alguien dice que es ahí y no
en el zen donde radica la estabilidad de esas tablas]; o las
furgonetas Volkswagen del 71, que han sido *customizadas*

al punto de parecer tuck-tucks pekineses a motor; también, antes de beber Coca-Cola cierran los ojos y emiten un canto. Aunque el tipo de poema *haiku* fue desarrollado por los japoneses, tiene como fuente remota la poesía china, por eso estos ancianos están desarrollando un tipo de *haiku customizado*, medio clásico, medio occidental-algebraico: en el campeonato internacional de Tapia, el ganador, Chi-Uk, de 87 años cuando le dieron el trofeo recitó en inglés:

Wave is a tree,
light particles hanging
x infinity = matter

Y acto seguido traduce al español:

La ola, hay un
punto, ahí el cuerpo
x0 = nada

Nota: la correcta interpretación no se obtiene con la lectura del poema o de su traducción, sino con la media aritmética de la lectura de ambos.

86

Al día siguiente de entrar a trabajar en el almacén, Humberto ya se enteró de qué iba la cosa. Según le explicó Ron, en líneas generales, el suyo era uno de los centros que envían ropa usada a Mozambique para que allí, en uno de esos tan en auge intercambios solidarios, se reparta por diversas tiendas, que la venderán a muy bajo precio, y de esta manera los niños de Mozambique podrán tener su camiseta Lacoste seminueva, sus tenis Converse, y así. Cada día llega un camión al almacén y Humberto trabaja con las ganas de quien sabe que está haciendo un bien y que además cobra por ello. Como el pueblo cae un poco lejos, apenas sale del recinto; aun así, con el tiempo ha ido decorando su trastienda y adquiriendo útiles diversos, pero lo que aún no ha hecho es comprar un reproductor para sus cintas de casete. Las tiene allí, perfectamente apiladas en columnas de a 7, un total de 4 columnas. Mira las 28 cajitas, las limpia, las reordena incluso, pero la firme intención de desconectar con todo lo que suponga recordar su patria le impide poner en marcha los mecanismos necesarios para materializar el campo magnético sonoro que, paralizado, permanece en ellas. Un mediodía, mientras hacía limpieza en el despacho de Ron, encontró un recorte de periódico del *News Today* en el que se venía a decir que el envío de ropa usada a países como Mozambique está llevando a la ruina a la práctica totalidad de tiendas oriundas de ropa y calzado mozambiqueñas, que no pueden competir con los precios de las tiendas solidarias. Los comerciantes decían mostrarse indefensos ante esta situación y denunciaban, aportando una buena suma de pruebas, que el Gobierno Mozambiqueño no toma cartas en el asunto debido a ciertas cantidades de dinero que interesadamente recibe de ciertas ONGs. Humberto guardó el recorte. Hoy ha reunido fuerzas para pedirle a Ron una explicación de todo eso. Éste le ha dicho que eso no es cosa suya, que le sobrepasa, que él hace lo que buenamente puede, que es una persona, no un superhéroe, y que a trabajar. Después de cerrar la tienda, ya a solas, Humberto ha desmontado cada una de sus cintas de casete, ha salido afuera, y comenzando por la base para terminar por el tejado, ha ido encintando por completo el exterior del almacén, una vuelta al perímetro y otra vuelta y otra vuelta, desenroscando las cintas de sus ruedecitas, subiendo y subiendo ayudado por una escalera sin dejar al fin a la vista ni la más mínima superficie de las 4 fachadas. Después se ha sentado a observar toda la noche esa gigantesca caja de voces mudas recortada contra la oscuridad del cielo, su leve aleteo al paso del viento, la otra música emitida por ese envoltorio magnético-sonoro. Cuando se canse, lo más probable es que le prenda fuego.

Principio de superposición [FIS]: 1. Principio general que se aplica a muchos sistemas físicos, que establece que si un número de influencias independientes actúan sobre un sistema, la influencia resultante es la suma de las influencias individuales. 2. Es el principio según el cual, en todas las teorías caracterizadas por ecuaciones diferenciales homogéneas y lineales, tales como óptica, acústica y teoría cuántica, la suma de cualquier número de soluciones a las ecuaciones es también una solución. Analíticamente: si f_1, f_2, f_3, ..., f_n son soluciones a una ecuación, entonces $f_1 + f_2 + ... + f_n = F$, también es solución.

Diccionario de Física MacGraw-Hill

88

Según lo acordado, a las 6 de la tarde Payne estaba en la verja del cementerio. Kelly aún no había llegado. Apoyó la espalda en el tronco de un ficus gigante y después se sentó sobre una de las raíces. Comprobó que estéticamente los cementerios chinos son como los cristianos pero sin cruces. A pesar de que para ir hasta allí había tenido que atravesar calles concurridas como nunca hubiera imaginado, nada más llegar a la especie de acera que rodeaba la verja la gente había desaparecido y el silencio era casi total; sólo se oía el ruido continuado de unas aguas fecales en una conducción bajo tierra y el canto de determinados pájaros. Cuando se fijó en que dentro del cementerio había numerosas bocas de alcantarillado, y que, por su parte, los pilares que sustentaban la vía del tren aéreo se clavaban en varios puntos del suelo, vio claramente cómo ese lugar permanecía en perfecta armonía con las fuerzas terrestres y celestes; allí no sólo iban a parar los muertos, sino también las heces y la alta tecnología de una civilización, quizá también muerta. Pensó que si su hermano Robert estuviera allí con su avioneta seguro que tendría algo más inteligente que decir. Se rio. Tal como había comprobado desde la habitación del hotel, cada 5.50 minutos pasaba el tren, y retumbaba la tierra de entre los mausoleos, ligeramente agrietados. Después todo quedaba en silencio. Reconoció en esa cadencia la perfecta simulación de las olas del mar. Kelly nunca llegó.

Teniendo en cuenta que el radio de la tierra es 6.300 km
y que el radio de una bola del mundo de juguetería
0.001 km, teniendo en cuenta además los complejos
movimientos de las mareas y los obstáculos continenta-
les, podemos afirmar que esa bola del mundo, aunque ya
nunca va a dejar de moverse, jamás conseguirá dar la
vuelta a la tierra, como tampoco lo consiguió aquel iluso
que en East Bay la tiró al mar. Por lo que para esa bola
la tierra será ya siempre un objeto plano e infinito,
carente de dimensiones y situado en una esfera metafísi-
ca. Lo que indica que cualquier acción del ser humano
es reflejo de sus propias limitaciones y, por añadidura,
que construimos un mundo a nuestra imagen y semejan-
za. Así que ese error en cierta manera nos convierte en
dioses por reducción al absurdo.

Ernesto nunca quiso hacer ese viaje. Ella se empeñó. En primer lugar no quería porque consideraba que viajar es un atraso desde que ya todo está descubierto, y que no tiene sentido andar por ahí emulando a los exploradores del 19. En segundo lugar porque Internet, la literatura, el cine y la televisión es la forma contemporánea del viaje, más evolucionada que el viaje físico, reservado éste para esas mentes simples que si no tocan la materia con sus manos son incapaces de sentir cosa alguna. Y en tercer lugar porque Vietnam está muy lejos y a sus 78 años Ernesto ya no estaba para esos trotes. Ya había tenido bastante con haber salido a los 18 años de Argentina en moto, haber abanderado una revolución en Cuba, y haber sobrevivido a 3 intentos de asesinato antes de calcular finalmente con precisión relojera la simulación de su muerte en Bolivia para irse a Las Vegas a dedicarse al juego y al lujo bajo el sobrenombre de J. J. Wilson. No obstante, contra su voluntad, cediendo a las presiones de su joven novia, Betty, se plantaron allí. Visitaron los lugares típicos budistas entre la multitud, pero al cuarto templo Ernesto se cansó y cambió a Betty por una puta vietnamita. Con los días se fue acostumbrando al *modus operandi* del típico turista, e incluso participó en los regateos que ella entablaba con los vendedores de los mercadillos nocturnos. Comprobó que lo único que diferencia a estos mercadillos de los de cualquier otra parte del mundo son los estampados de las camisetas, auténticos termómetros de las culturas emergentes de un país. Le hizo gracia ver que una sola camiseta se repetía allí como en todo el planeta, la de su rostro con boina. 7 pm, hace calor, es de noche y llueve en el mercado. Él empieza a calentarse y compra unas gafas imitadas Ray Ban de espejo azul, una camiseta rosa en la que pone Play Boy bajo el dibujo del conejito serigrafiado, y se deja incluso fotografiar por la puta con la camiseta, las gafas y un puro entre los dientes. Acto seguido cruzan la calle del brazo y Ernesto ve cómo ella sale por los aires, después él nota un golpe fortísimo. Desde el suelo, impedido por un intenso dolor en la cabeza y en toda la parte derecha del cuerpo, ve alejarse corriendo, mimetizado entre los faros de los coches, al conductor de la moto, que le pareció un niño.

91

Planetas, fluidos, objetos, personas, todo lo que existe, colabora a cada instante para que cada planeta, cada fluido, cada objeto y cada persona tienda al equilibrio gravitatorio, al cero absoluto de la suma de fuerzas. Cuando una moto te arrolla y sales por los aires, en ese instante rompes esa inercia cósmica, y constituyes la parte infinitesimal del Universo más violenta que existe oponiéndote al giro de la tierra, de los planetas, de los fluidos, de las personas y de las cosas. Y sin embargo, en el punto más álgido de ese vuelo estás en suspensión, careces de velocidad, flotas; eres nada. Esa nada es la que te mata. A Ernesto lo enterraron 11 días más tarde en Las Vegas. Tal como dejó indicado, en la lápida hay una maquinita a la que le echas una moneda y suena una de Sinatra.

169

92

Heidegger, y desde él toda la filosofía, distingue entre *espacio* y *lugar*. *Lugar* es un espacio que ya está habitado, hecho a la medida de su morador, impreso ya de una historia, personalidad y cultura particulares. Los filósofos posmodernos han calificado a una serie de lugares impersonales, como por ejemplo los grandes centros comerciales o los aeropuertos, como *no-lugares*, espacios idénticos en cualquier cultura y donde quiera que te los encuentres. Por eso Kenny, fugado de la justicia canadiense, vive desde hace 4 años en la terminal internacional del aeropuerto de Singapur. Sin papeles, y harto de que lo repatriaran de un país a otro, decidió quedarse ahí, en ese no-lugar que, legalmente, no pertenece a país ni estado alguno. Ese vacío legal le beneficia. Deambula con un carrito metálico de arriba abajo abarrotado de sus escasas pertenencias. Conocido ya por los dependientes de restaurantes, tiendas, cibercafé, papelerías y servicio de limpieza, éstos le facilitan todo lo que le hace falta para subsistir con lo que va sobrando del ingente volumen de productos que genera un aeropuerto cada día. Nada le perturba, su complexión de boxeador ha desaparecido, y se entretiene mirando los cambios que temporada a temporada sufren los escaparates. Sólo en una ocasión permaneció viendo la tele hasta que terminó una noticia; el canal International Fox decía que en el Estado de Nevada, USA, un incendio estaba arrasando la vegetación y habían tenido que desalojar una ciudad llamada Carson City. Cuando terminó, le dijo a la dependienta del Duty Free que era una pena lo del fuego, que por eso él vivía en un lugar de vidrio, acero y cemento. Hace poco menos de un año por fin el gobierno de Singapur, acogiéndose a una norma excepcional, le dio la carta de ciudadanía, pero entonces él dijo que no la quería, que a sus 57 años estaba cansado de recorrer mundo y que tenía cuanto necesitaba. El asceta ascendió a místico en la imparable agitación que le rodeaba y pronunció estas palabras ante el funcionario que le llevó la noticia, *seré luz en esta carabela*. Sacó unas monedas de una sucesión de bolsas atadas unas dentro de las otras e invitó al funcionario a desayunar en el Burger King. Éste declinó. En su calidad de habitante de un lugar propiamente frontera, ha tramitado su pertenencia a la micronación Reino de Ergaland & Vargaland (www.krev.org). Le han propuesto como embajador de ese Reino para las terminales de aeropuertos de todo el mundo.

93

No existe espacio si no existe luz. No es posible pensar el mundo sin pensar la luz [lo dijo Heráclito, lo dijo Einstein, lo dijo el Equipo-A en el capítulo 237, lo dijeron tantos]. Y sin embargo dentro de cada cuerpo todo es oscuridad, zonas del Universo a las que la luz jamás tocará, y si lo hace es porque está enfermo o descompuesto. Asusta pensar que existes porque existe en ti esa muerte, esa noche para siempre. Asusta pensar que un PC está más vivo que tú, que adentro es todo luz.

94

Robert, originario de Londres, ciudad de la que se separó
en la primera juventud, es el único habitante de la ciudad de Carson City que tiene una avioneta. Pero, aparte,
en general, los objetos son unas cosas rarísimas: si los
acercamos mucho a nuestro campo de visión, por ejemplo con un microscopio, se convierten en estructuras
simples, totalmente organizadas y con una geometría
matemáticamente tratable. Después, si nos alejamos lo
suficiente, entramos en el orden de magnitud del día a
día, donde tales objetos se solapan y mezclan para
conformar un paisaje de geometría compleja y cotidiana, impura y difícilmente analizable, de la que sólo las
teorías del caos y otras afines consiguen dar buena cuenta: es la escala humana. Y si nos alejamos más, como
puede ser el caso de la visión de la tierra desde un avión,
volvemos a verlo todo asombrosamente simple y orga-
nizado, con una geometría muy parecida a aquella vista
al microscopio. Desde la avioneta, Robert ya tiene con-
feccionada toda una clasificación de figuras urbanas y
paisajísticas inspiradas en la *Guía de Campo de la Con-
Urbación* de Dolores Hyden. El oficio de Robert es ban-
cario, de ventanilla, también casi microscópica, pero los

fines se semana coge el cacharro de una hélice y sale a sobrevolar Nevada con el único propósito de extasiarse en toda esa geometría urbano-humana que hasta ahora carecía de análisis y cabal clasificación. Para Robert, de entre todas las construcciones que caen dentro del estudio de la Con-Urbación, una de las más bellas son los asentamientos urbanísticos elaborados con *cubresuelos*, edificaciones, según se definen en la Guía, baratas y fáciles de derruir, a menudo unidades de almacenamiento, que se montan para generar ingresos antes de que las promotoras puedan abordar un proyecto más ventajoso económicamente. Nadie pasea por sus aceras teóricas. Ve jugar a unos niños. Se conmueve. Ve una difunta tienda de Toys "R" Us a la que ha incluido dentro de los *toad (sapos)*: lugares obsoletos, abandonados o derruidos, según la definición ortodoxa de la misma Guía. Hace pocas semanas descubrió al sur, en Porter City, lindando con Arizona, la mayor *área de no consecución* del Estado, o lo que es lo mismo, *un área de contaminación urbanística imposible de eliminar y cuya única salida hacia el orden es dejar que crezca sola hacia el caos*. También le atraen las McMansiones, inmensas casas unifamiliares prefabricadas, distribuidas en aparente azar; cada tejado es de un color diferente, y así desde el cielo cada conjunto de McMansiones dibuja su propia y premeditada bandera. Todo está bien calculado, piensa. Pero lo que más le fascina son las *privatopías*, urbanizaciones, de lujo o no, en las que los residentes aceptan restricciones que llegan a extremos casi carcelarios con tan de preservar su seguridad. Hay algo en ellas de seductora autodestrucción controlada. Sun City es una de estas *privatopías*, que sobrevuela con la avioneta lo más alto que le es posible. Casas prácticamente idénticas dispuestas en perfectos anillos concéntricos que a Robert se le antojan los del tronco de un árbol. Con la única diferencia de que en éstas el anillo más exterior es el primero en hacerse y ya no se mueve de su sitio, y el resto se van construyendo hacia adentro; cuando se llega al centro, el proceso urbano toca a su fin y los habitantes se mudan a otro lugar en el que se construye una nueva Sun City, y así, como un orgánico sol, Sun City se mueve. Sus calles son estrictamente circulares, y el tamaño del complejo es tal, 27 km de diámetro, que si vas por uno de los anillos más exteriores no notas que describes un círculo. Más al centro, conducir es un mareo. Robert sueña con algún día tener el arrojo de irse a vivir a cualquiera de estas privatopías, dan movilidad, piensa, y la posibilidad de elegir, de mudarse, así como la intimidad en otro tiempo sólo reservada a los ricos. El recuerdo más vivo de todos los que conserva de Europa: las casas adosadas del Londres victoriano, hoy icono y orgullo de esa ciudad, que cuando fueron construidas en 1915 también fueron objeto de burla. [Aparte, tiene otro: como la aviación nunca bombardea los parques, cuando Londres era atacado cogía un litro de leche y se iba a Hyde Park a sentarse en un banco por la noche a beberlo y ver esos fuegos artificiales en el cielo. Lo que ocurre es que miente porque en la 2ª Guerra Mundial él aún no había nacido.]

95

Harto de ir de una pared a la otra de su apartamento, y
como pasaban los meses y le parecía imposible recuperar su fe en Borges usando el método introspectivo o la
voluntaria reclusión, Jorge Rodolfo decidió la planifica-
ción y levantamiento de un templo al Maestro allí
mismo, delante del apartahotel. Los de las caravanas,
rulotes y contenedores móviles accedieron a cederle la
explanada de tierra donde estaban asentados con tal de
que una vez construido recibieran un tanto por cien, a
determinar, de la explotación del mismo en concepto de
visitas de turistas y curiosos. Jorge Rodolfo aceptó. Los
siguientes meses fueron de una reclusión si cabe mayor
que aquella de la que pretendía escapar: día y noche rele-
yendo las obras del Maestro, tomando anotaciones de
detalles de la obra que pudieran transfigurarse en símbolos, buscando el material de construcción más ajustado
a su orbe simbólico, levantando planos y más planos y
sucesivas enmiendas a esos planos, consumiendo, en
definitiva, la salud y la vista y el escaso dinero que le quedaba en lo que sería la obra de su vida. Los habituales
del *Budget Suites of America*, pasaban a menudo a dejar-
le comida, bien fueran cereales o galletas de maíz, y era

el momento en que él se relajaba e incluso intercambiaba unas palabras con ellos, pero nunca en lo referente al templo, sino a cómo apostar mejor en la ruleta de tal o cual casino, o a las ventajas nutricionales del arroz respecto a la pasta apoyado en argumentos antropológicos observados en la milagrosa supervivencia en el Tercer Mundo; despistes, en definitiva, al tema principal que era la construcción del Templo, cuyos detalles no tenía ni la más mínima intención de revelar. Al cabo de seis meses y medio comenzó la construcción. Un único espacio de 20 × 20 m de planta y 20 de altura, cuya cubierta tendría una forma piramidal. El material a usar serían esos grandes bloques cúbicos de chapa compacta a que quedan reducidos los coches en los desguaces después de que unas máquinas los compriman al máximo por los cuatro costados. La construcción estuvo terminada en 63 días. Tal como lo había concebido Jorge Rodolfo, esos bloques perfectos poseen una textura de brillos aleatorios y destellantes bajo cualquier angulación solar, apoyados por una gama de colores que cambia según el del coche de origen, así como según las partes de éste que hayan quedado a la vista tras la compresión. A veces se distinguía en su superficie, como naciendo de su propia naturaleza, una manilla de una puerta de atrás, o un cuadro cuentakilómetros o, según se dijo, hasta un manojo de cabello de mujer producto de algún accidente. Tal como él lo había visionado, puestos unos sobre otros como ladrillos, forman una composición nunca vista hasta la fecha. Además, tal como corresponde al templo de una divinidad inexistente, ese potaje metálico

177

provoca que en invierno hiciera un frío insoportable y en verano un calor muy por encima de la temperatura media, lo que lo haría un templo invisitable, y donde la foto del Maestro, ubicada en el exacto centro, jamás sería mancillada, un templo cuya puerta quedaría reducida a un objeto teórico, pues nunca nadie la querría abrir y menos traspasar, donde el aire quedaría inmaculado para siempre en torno a la figura del Maestro. Los habitantes de los carromatos que cedieron la parcela, hasta la fecha jamás han podido explotarlo. La gente se acerca, lo mira extrañado, le toma fotos y se va. Con la última luz de la tarde el templo brilla de tal manera que hace palidecer a los últimos oropeles de Las Vegas Boulevard que le enfrentan en el horizonte, y a Jorge Rodolfo, entonces, la emoción le lleva a verter una lágrima. Tuvo que salir por la ventana de atrás de su apartamento una noche de febrero, cuando los estafados, varias decenas, fueron a por él.

96

Parece ser que el pianista de jazz Thelonius Monk abandonó una vez el escenario de muy mal humor. Estaba muy descontento con la música que acababa de tocar. Cuando le preguntaron por qué creía eso, respondió: "he cometido todos los errores inadecuados". Esa observación nos conduce a un nudo filosófico claro, aunque apretado.

Eddie Prévost

97

Cuando Margaret y Elmer llegaron de Santa Bárbara, California, para instalarse en Madrid, ella ya tenía una edad avanzada y él continuaba enconado en su batalla antibelicista contra el gobierno norteamericano. La monacal reclusión que Margaret se impuso para dedicarse sólo a pintar no impidió que aprendiera el idioma castellano rápidamente por correspondencia, aunque se puede decir que ni un poro de su cerebro se vio condicionado por la cultura española. Para ella decir Madrid era tanto como decir Toronto o Londres o Singapur o nada. La segunda vez que salió del piso, febrero de 1981, desempolvó el broche de diamante y el vestido de las exposiciones de New York. Hacía tiempo que ya no tenía la regla. En la radio del taxi que la llevaba al Círculo de Bellas Artes estaba sintonizado el programa *Esto no es Hawaii* en el que sonó una canción contenida en la maqueta de un grupo post-punk que le pareció lo más fresco y extraño que había oído jamás. Se trataba de Siniestro Total cantando *Ayatolah no me toques la pirola!* Supo por el locutor que la recién nacida discográfica DRO (Discos Radiactivos Organizados) estaba preparando el lanzamiento del primer LP. Durante toda la inauguración de su exposición estuvo turbada por aquella escucha y apenas pudo centrarse en los comentarios y halagos que le propinaba la gente. Cuando esa noche regresó a casa vio de manera muy clara que le gustaría ilustrar la portada de ese primer LP. Elmer asumió la representación legal de su mujer y se puso en contacto con la discográfica, Si he podido con el gobierno norteamericano, podré con una discográfica de provincias, pensó. Aceptaron estudiar los bocetos, que se prolongaron durante 6 meses. Finalmente, debido a la mala salud de Margaret la cosa se complicó y la portada definitiva consistió en los integrantes del grupo caracterizados de los Hermanos Dalton, concebida por un dibujante español llamado Oscar Mariné. Entre los 120 cuadros que ahora se pudren en su piso de Madrid se conservan multitud de bocetos a carbón: un árbol en flor en cuya copa hay un Renault 12 estampado. De dentro del coche también emergen ramas florecidas. El único árbol representado en esos 120 cuadros.

98

Primero fue el acero, luego el vidrio, después otros metales y aleaciones, y hoy los vidrios más especializados. Pero todos estos materiales modernos tienen comportamientos totalmente diferentes y responden a las acciones térmicas y mecánicas con cambios dimensionales que son mucho más importantes que en los materiales tradicionales. En un edificio formado por elementos tan heterogéneos esos movimientos serán muy importantes y variados. Por ello, la relación (y unión) entre piezas se hace cada vez más difícil. Hace 30 años la respuesta universal a esos problemas era la silicona y en general los sellados elásticos. Se sellaban todas las uniones, incluso entre elementos estructurales. La inmensa confianza en esa panacea llevó a excesos de todo tipo: sellados exteriores que sometidos a la acción de los rayos ultravioleta aceleraban su envejecimiento, etc. Tras esos años de inmensa confianza en un producto con el que se querían suplir las deficiencias en la concepción del proyecto, la silicona sufrió importantes fracasos y se convirtió en un símbolo de la chapuza constructiva. (Ignacio Aparicio, *La alta construcción*, Espasa, 2002.) O, "A propósito de la novela".

99

Lo que más le sorprende es que la cantidad de razas y culturas que pasan y se cruzan a diario por un aeropuerto no logren modificar en absoluto la fisonomía estética ni humana del propio aeropuerto; ha llegado a compararlo con un ente atemporal e incorpóreo; una divinidad. Kenny, a ver si la próxima vez no me dejas la ducha llena de pelos, le dice una de las mujeres de la limpieza, Que cada día se te caen más. Él se pasa la mano por la cabeza en señal de duda y continúa empujando el carrito. Hojea la prensa en el kiosko y más adelante se para a mirar el escaparate de zapatos Prada, por compararlos con el de Gucci, y de paso ir teniendo claro cuál de los modelos querrá la próxima temporada, cuando, como cada año, ya pasados de moda, le regalen un par. Lo bueno de vivir en un lugar así es que verano e invierno son idénticos, así que no hace falta pensar en la ropa salvo, como Kenny, por estricto vicio; sibaritismo químicamente puro. Sentado en la cafetería observa la tele; bocanea un cigarrillo. Se acerca un hombre a su mesa, sostiene un café y un plato de bollería surtida. Oiga, ¿puedo sentarme? Es que no hay más sitios. Kenny afirma con la cabeza, y antes de desviar la mirada ve que ronda los 45, que lleva un traje oscuro de CH, con una corbata gris de seda y camisa también gris de origen desconocido; a juzgar por el maletín del PC portátil concluye que se dedica a alguna profesión liberal. Mientras el hombre come le cuenta que se llama Josep, que es español, de Barcelona, y le pregunta a Kenny por su destino, quien en un principio se hace el remolón pero que termina contándole, sin entrar en mucho detalle, toda su historia, su vida en el aeropuerto, etc. Josep continúa comiendo sin apartar más que lo justo la vista del donut de chocolate. Acostumbrado como está Kenny a que la gente se impresione con su narración, siente curiosidad por este hombre que ni se inmuta, y le dice, ¿Y usted, a dónde se dirige? Ahora a Bangkok, pero después a Pekín, contesta sorbiendo el fondo de la taza. ¿Y qué hace?, si no es indiscreción. Soy diseñador. ¡Ah! Qué interesante, ¿de moda? ¿Zapatos quizá? No, de tapas de alcantarilla. ¿Cómo? Sí hombre, esas cosas redondas o cuadradas, generalmente metálicas, que tapan las bocas de alcantarillado para que usted no se cuele por el agujero cuando va por la calle (y suelta una carcajada mientras se limpia los labios), aquí dentro, por ejemplo, mire, ahí hay una (y señala al suelo con el dedo de azucar), ése es un diseño P. H. Rudoff, un alemán que tiene su estudio en Frankfurt, se inspiró en el modelo de puerta de los coches hispano-alemanes de los años 30, ¿no ve esa intención de manilla, y en el lado opuesto las bisagras? Me he fijado que las de afuera, ahí donde los taxis, son de Phillip Bhete, australiano, bueno, australiano de origen británico, un gran hombre, para mí el mejor, ya sé que un profano no lo aprecia, pero Bhete combina motivos marinos con el mapa de la ciudad para la que diseña el encargo, sí, en serio, bueno, ya veo por su cara que no le merece mucha credibilidad esta profesión, pero he de decirle que sólo somos 17 personas en todo el mundo los que nos dedicamos a esto, así que todos nos conocemos, como en familia. ¿Quiere tomar algo? Sí hombre, le invito, (y Kenny pide un desayuno). Pues como le decía, los congresos anuales los hacemos cada vez en la casa de uno, con las mujeres y los hijos y todo, por eso, como puede comprobar hablo perfectamente el inglés; casi casi, cubrimos todos los continentes, nos falta África, ¿sabe?, hemos adoptado el inglés como idioma oficial de la profesión, este año les impresioné a todos con el desarrollo de un nuevo material, porque se habrá fijado que todas las tapas de alcantarilla terminan cascándose por las esquinas si son cuadradas y por el centro si son circulares, pues bien, entré en contacto con un laboratorio de Canadá que manejan materiales de aeronáutica, de barcos rápidos y todo eso, y estudiando las posibilidades llegamos a la conclusión de que una mezcla de fibrilaciones de carbono con unos oxalatos que me reservo sería el secreto que le daría a la tapa la flexibilidad y dureza que necesita, ¿sabe? (y pega con el puño sobre la mesa), no, si la cosa tiene su miga, cada uno tiene, como es lógico, su anagrama, o sea, su firma comercial, el mío es sencillo, para qué complicarse, ¿no? Son mis iniciales, J. F. K, bueno mi nombre es Josep Ferrer Cardell (y coge una servilleta y lo escribe), pero cambié la C por una K (hace un giro de muñeca sobre ambas letras), sí, ya ve, se me ocurrió un día viendo la película aquella, por darle una distinción considerable a mi firma y al mismo tiempo utilizar un icono universal, sí, quien la ve una vez ya no la olvida, la verá en el extremo derecho inferior si la tapa es cuadrada, y en la circunferencia más externa si es circular, y ahí está el asunto, mi gran asunto de este año, la bomba (se acerca a Kenny y medio susurra): también la verá en uno de los focos de la elipse en caso de que la tapa sea una elipse, y ahora se preguntará el porqué de esa elipse, que qué es eso de una elipse, pues bien, hace tiempo que me di cuenta de que el contorno de una persona es más elipsoidal que circular, y más que cuadrado ya no digamos, y entonces me pregunté, ¿por qué no ensayar esa nueva forma para tapas de alcantarilla, en elipse? Es más cómoda para el operario y además se ahorra en gastos superfluos en material, es muy importante ahorrar en esas pequeñas cuestiones de diseño, la gente cree que son mariconadas, pero no, realmente abaratan gastos, por ejemplo, ¿sabe cuanto dinero le ahorra a la Coca-Cola al año que sus latas ya no acaben arriba en ángulo recto sino en esa rebaba inclinada? (toma entre sus manos una lata de la mesa de al lado y la muestra), pues ni le cuento, lo que no está escrito, pero a lo que iba, ya tengo vendidas varias partidas de tapas elipsoidales a una fábrica, se las han pedido para una gran zona residencial que se está construyendo en Hong Kong y para el casco antiguo de León, una pequeña ciudad española que usted no conocerá, pero ahora viene lo bueno, yo a veces, como extra, lo hago, es una de las cosas del trabajo que más me satisface, agárrese: los modelos de ambas son el mismo, ¿comprende?, gracias a mí existirá un hermanamiento entre esas dos ciudades (y coloca las dos manos en ambos extremos de la mesa para juntarlas en el centro con una palmada) ¡Chof! ¡Hermanamiento! Claro, esto poca gente lo sabe, lo bonito está en descubrirlo; a ver, también hay veces que los científicos descubren un metatarso de un animal en Asia y después el mismo también en África ¿no? Y se preguntan el porqué de esa coincidencia ¿no? Pues algo así ocurrirá dentro de miles años con mis tapas de alcantarilla, porque, y ojo, esto es una confidencia, ya he conectado 10 pares de ciudades de varios continentes, no le diré cuáles porque, claro, ya le digo, lo bonito estará en descubrirlo, aunque claro, usted no podrá, es natural, aquí encerrado toda su vida, ¿pero no tiene miedo a morirse aquí? ¿Y qué pasa con la vejez? ¿Tiene plan de pensiones o algo así? Pida algo más, hombre, le invito, pues entonces, como le decía, el meollo está ahí, porque ando mal de batería que si no le enseñaba el diseño en el que estoy trabajando, me ocupa mucho disco duro, ¿sabe? Pero lo de conectar ciudades o lugares es fundamental, otros ya lo tuvieron claro, ¿no se acuerda de *De la Tierra a la Luna* de Julio Verne? O *Arriba y Abajo*, la serie de televisión (Kenny niega con la cabeza), ¡sí hombre, aquella! O la de Marco y el mono, *De Los Apeninos a Los Andes*, ¿no? Era tremendo aquel mono, o la película esa *París-Texas*, sí, es tremendo, Kenny, es tremendo eso de conectar las cosas bajo cuerda. Bueno (dice Kenny), no sé si sabe París Texas no quiere decir "de París", de Francia, "a Texas", USA, sino

"París, Texas", como quien dice "Berlín, Alemania". ¿Comprende? París es una ciudad que está en el Estado de Texas. Bueno, es igual (dice Josep), ya me entiende, por cierto hablando de Texas, le voy contar algo que me ocurrió en los Estados Unidos, una historia francamente buena: mi amigo y colega R. S. Lloyd, un gran diseñador que vive en Los Ángeles, me pidió que si le podía hacer un trabajo, él ya lo había apalabrado pero después se vio desbordado, y como yo estaba empezando en la profesión y aquí nos ayudamos los unos a los otros, ya sabe, me dijo si me interesaba hacerlo a mí, y acepté, claro, voy a pedir una Coca-Cola, ¿Tú qué quieres? (Kenny pide otra). El caso es que se trataba de hacer las tapas de alcantarilla de una pequeña ciudad llamada Carson City, en el Estado de Nevada, creo recordar, o en Nuevo México, bueno, no sé, da igual, los dos Estados son casi iguales. Cuando me presenté allí, el típico pueblo anodino sin otro interés que sus magníficos burdeles, ellos ya tenían la idea muy clara de lo que querían, la tapa debería ser 50% hierro fundido, 35% acero, y 15% níquel del país, la forma sería circular y en el centro tenía que haber el relieve de un álamo, sí, como lo oye, un simple álamo americano, pero, agárrese, con la peculiaridad de que tuviera 2 pares de zapatos colgando de una rama, me contaron que habían aparecido un día, hacía años y que nadie sabía por qué, y que eran como un símbolo para el pueblo, o algo así, y bien, como mi trabajo no consiste en hacer preguntas que no me incumben, me puse manos a la obra, aún no había PCs ni programas en 3D ni nada, todo a brazo, chico, a brazo, así que tardé un

188

poco en pasar los planos, las diferentes proyecciones axiales y sagitales y, bueno, todo eso, no le voy a liar con tecnicismos, y se los presenté al alcalde y a la comisión evaluadora, que quedaron encantados. Pero en éstas, alguien de una población cercana llamada Ely, es un decir, está a 418 km, se entera y entonces dicen que ellos quieren también unas tapas de alcantarilla y que además deberán ser iguales a las de Carson City, con 2 pares de zapatos, porque consideran que el árbol les pertenece más a ellos que a los de Carson City, dado que fue el alcalde de Ely quien primero descubrió el par de zapatos, y exigían, además, que no construyeran esas tapas de alcantarilla. Y los de Carson City que dicen que de eso nada, que construirán sus propias tapas con 2 pares de zapatos, así que me dicen los de Ely que les haga un diseño igual pero con 3 pares en vez de 2, y esa misma noche se van al árbol a tirar a su copa ese tercer par, y yo voy y les hago ese diseño con 3 pares de zapatos, y entonces los de Carson City, argumentan que no quieren hacerlo ya con 2 pares de zapatos, y me piden que añada al diseño inicial 2 pares más, es decir, 4 en total, y van esa misma noche y tiran otro par al árbol con lo que ya eran 4 pares en la copa del árbol, y yo voy y les diseño el puñetero árbol con 4 pares, y entonces los de Ely, que se mosquean y me piden 5 pares y van y tiran al árbol el quinto par, y bueno, te lo puedes imaginar, al final había tantas botas y zapatos en ese árbol que las ramas ni se veían, así que la cosa, que a mí ya me parecía imparable, la resolví astutamente de la siguiente manera porque, y esto es un inciso, el pique entre esos dos pueblos que yo

189

pensé en un principio que sería para mí una fuente
inagotable de dinero, se estaba convirtiendo en una
pesadilla, y no me malinterprete, no es que disfrutara
con aquella forma que tenían de sacarse los ojos, no,
en absoluto, pero es que el negocio es el negocio, pero en
fin, a lo que iba, junté a los alcaldes de Ely y de Carson
City y les dije que como había tantos pares era ya imposible ponerlos todos en la tapa de alcantarilla, así que era
absurdo preguntarse si había 1.000 o 5.000, porque en
cualquier caso era imposible representarlos todos ellos,
así que haría el diseño de las tapas de tal manera que si
alguien intentara contarlos no pudiera, los dejaría como
desdibujados, ya sabes, como cuando se pinta un bosque
y se emborrona un poco para hacer entender que hay
muchas ramas, pues igual pero con zapatos, y así se
resolvió el problema, ya ve, Kenny, se lo dije, las tapas
de alcantarilla tienen su miga, la gente se vuelve loca con
ellas, después supe por mi amigo Lloyd que la gente aún
va hasta allí y que siguen tirando pares de zapatos, pero
ahora ya por otros motivos, y que el árbol ya se está
combando, lo que no se sabe es quién puso aquellos 2
pares de zapatos iniciales, qué te parece Kenny, qué te
parece (se echa hacia atrás en el asiento y emite un reso-
plo), si ya te digo, mi profesión es más interesante de lo
que parece (consulta el reloj), ahora me tengo que ir, que
ya sale el enlace a Bangkok, pero sabes qué te digo, que me
has caído bien, dentro de 35 días regreso y hago escala
aquí, y entonces sí que te contaré una buena historia,
una historia de verdad, de esas que no se olvidan.
Recogió sus cosas, se abotonó la americana y se fue

no sin antes estrecharle la mano con una fuerza casi sobrenatural. Cuando lo perdió tras el letrero Internacional, supo por el movimiento que le imprimió a la puerta giratoria que jamás volvería a verlo.

100

Al igual que la mayoría de los defensores de dejar el cuerpo humano en el basurero del siglo XX, los extropianos merecen un examen más atento. Ross, el director ejecutivo de Max More, y el resto de los miembros del movimiento, se reúnen alrededor de la bandera del "transhumanismo". El transhumanismo es el movimiento del potencial humano llevado a su último extremo: un humanismo tecnófilo, capitalista y radical, centrado en la transformación de uno mismo y de la especie a través de cualquier medio disponible: la "descarga" (que consiste en vaciar de información el cerebro para almacenarla en un ordenador y abandonar así el cuerpo mortal para siempre), la "nanomedicina" (el uso de la escala molecular para reparar daños y aumentar el sistema inmunológico), los implantes de nanocomputadores (ordenadores moleculares integrados en el cerebro y que proporcionan memoria adicional, capacidad de proceso y programas de toma de decisiones), la ingeniería genética, las drogas inteligentes, la criogenización o la "psicología de la autotransformación", según la escuela de Anthony Robbins. Como se teorizaba en Extropy, el transhumanismo extropiano es un matrimonio entre Ayn Rand y Friedrich

Nietzsche, más exactamente entre la convicción de Rand de que lo estático y lo colectivo están en la raíz de todo mal y las ideas complementarias de Nietzsche sobre el fin de la moral, la "voluntad de poder" y el *Übermensch* o superhombre.

Mark Dery

101

El día que el interventor del banco, que trabajaba en el periódico local, le encargó a Robert, habida cuenta de su procedencia de la clase culta londinense, que escribiera una pequeña reseña laudatoria sobre Sunny Avenue, la nueva calle asfaltada de Carson City, en especial acerca de la alameda central sembrada de gardenias, pensamientos y rosas que acogía en su interior un lago artificial al que se vertieron unos peces de colores y un par de cisnes conseguidos tras años de peleas con el concejal de urbanismo, quien se negaba a traer el agua y los animales necesarios para semejante proyecto, ese día, decíamos, nadie supuso que Robert se encerraría en la cabina de su avioneta 3 días y 3 noches, quieto en el silencio metálico del hangar, con las manos sobre los mandos y la vista fijada en el horizonte artificial del panel de control, sin comer y apenas beber, sin admitir visitas y mucho menos sugerencias, para al final entregar a la imprenta:

```
a vortex/henkel/hooper production
a film by Tobe Hooper
La película que vamos a ver relata la tragedia
que se abatió sobre un grupo de 5 muchachos, y
en especial sobre Sally Hardesty y su hermano
```

inválido Franklin. Todo parece más trágico por tratarse de jóvenes. Aunque hubieran vivido muchos años más nunca hubieran imaginado que se pudiera presenciar tanta demencia y sadismo como el que se encontraron aquel día. Lo que iba a ser una idílica tarde de verano se convirtió en una pesadilla.

Lo que aconteció aquel día concluiría con el descubrimiento de uno de los crímenes más extraños y bizarros de la historia de EE.UU.: La Matanza de la Sierra Mecánica de Texas.

102

Chii-Teen está hojeando artículos de periódico antiguos, recortes de los que ha ido haciendo acopio a lo largo de años. Todos guardan relación con ciertos temas de física, y en concreto con algún aspecto, sea teórico o experimental, de la detección de los neutrinos, o con la ciencia ficción, y especialmente con los actos celebrados en el Museo de Ciencia Ficción de Pekín que él dirige. Tales días como el de hoy, en los que no trabaja, se queda en su casa, un chalet en un barrio residencial, y pasa el día tomando baños tibios, leyendo, viendo películas o pensando acerca de esos baños tibios, de esas lecturas, y de esas películas, aunque siempre termina relacionándolo todo con lo mismo: o la ciencia ficción o la detección de neutrinos. Dado su precario estado de salud, los médicos le han aconsejado un ocio alejado de las emociones fuertes, de baja intensidad para el *by-pass* que desde hace 3 años se aloja en su corazón. Pero hoy ha ocurrido algo que le ha desviado de esa trayectoria. En la cara posterior de uno de los recortes de periódico ha encontrado una foto en la que se ve a un pintor entrado en edad, sin duda occidental, de aspecto distinguido, pelo engominado y bigote, que parece estar trabajando en su estudio. No llega a entender muy bien el hecho de que esa estancia en la que se halla el pintor, esté llena de botes medio abiertos con la pintura desbordada en manchones hasta el suelo, pinceles de todos los tamaños en aguarrás, que el pintor lleve puesta una bata de trabajo también salpicada de chorretes de colores pero que, sin embargo, esté trabajando sobre un lienzo en blanco, sin manchar en absoluto, procurándole con un *cutter* rajas verticales a la tela, sólo eso, rajas verticales. De pronto Chii-Teen entra en un elevado estado de excitación, piensa en la posibilidad de la existencia de un cuerpo sin mente, en la posibilidad de que todo el estudio y la bata del pintor y toda la espesa masa de pintura que allí se ve sea un cuerpo separado de la mente pura, cartesiana, sin carne, que vendría a ser ese lienzo en blanco sobre el que trabaja con el *cutter*, Al contrario de lo que siempre ocurre, se dice Chii-Teen, es el cuerpo quien está agrediendo a la mente. La posibilidad de esa separación entre la materia y el espíritu no era algo nuevo, ya lo había meditado en alguna ocasión, Está claro que una mente sin cuerpo, se decía, sería inmortal, igual que si pudiera construirse un *software* sin su correspondiente *hardware*, éste funcionaría para siempre. Pero sólo la contemplación de esa fotografía, de ese hombre solo y automático como un neutrino en el espacio vacío rasgando una tela también sola y vacía, sólo la intuición tan claramente materializada de la colisión allí de dos fuerzas, una telúrica y la otra áurica que buscaban separarse en el estudio del pintor, sólo esa casualidad de esa tarde de domingo que vino acompañada de un doloroso y arrítmico bombeo en una válvula de su corazón, le llevó a la certeza de que 1) decir "ciencia ficción" es una redundancia porque toda ciencia es ficción, y 2) que el próximo domingo se dedicaría a una actividad menos peligrosa, por ejemplo, ver aquellas inocentes fotos de su exmujer en las que la mente y el cuerpo estaban aún tan juntos y revueltos como las heces y la orina en la deposición de una gallina.

103

Pero ese domingo nunca llegó. Siempre que cogía el lote de fotografías de su exmujer, o siempre que se disponía a abrir el cajón donde estaban las fotografías, o siempre que buscaba los álbumes de fotografías, en ese momento, sonaba el teléfono; algo del trabajo, algo del museo, amistades, lo que fuera. Eran todas ellas llamadas que le tenían mucho tiempo al auricular y que le hacían desviar la atención hacia otras cosas y asuntos más urgentes aunque no necesariamente más interesantes. Por último, una de esas tardes en las que estaba echando mano a las fotos, la que llamó fue su exmujer, con la que hacía años que no hablaba, para comunicarle que se iba a Norteamérica para siempre, "a una especie de comuna que vive bajo tierra en una antigua planta de residuos radiactivos, o algo así", le dijo, y que renunciaba a la custodia de los niños, que se los regalaba para siempre. Quemó todas aquellas fotos en la chimenea, y la observación del fuego le llevó a pensar que en ellas ahora sí que cuerpo y mente estaban juntos y eran verdaderamente indistinguibles.

104

Todos tenemos una época en la vida en la que fuimos muchos, ésa que va del nacimiento hasta los 3.5 años aproximadamente, cuando no tenemos conciencia de ser quienes somos salvo por lo que nos contarán más tarde quienes nos ha visto crecer. Hasta ese momento no somos más que lo que da de sí cada una de esas versiones de nuestra fase sin conciencia, elementos inertes o vegetales: una piedra, un matorral, un haz de viento, un trozo de arena, etc. cuya suma es la exacta identidad de un desierto de 3.5 años de longitud.

105

El día en que el interventor del banco, que trabajaba en el periódico local, le encargó a Robert, habida cuenta de su procedencia de la clase culta londinense, que escribiera una pequeña reseña en torno al movimiento de colonos ingleses que habían llegado a las costas americanas en el Siglo 18, qué alimentos comían, en qué número se podía estimar su población, los cultos religiosos que practicaban, cómo terminaron por domar en aquel primer momento de la Historia la salvaje naturaleza que era el territorio americano, y cómo ocurrió que tras esos años iniciales se adentraran hasta Nevada para fundar con un poco de barro y cuatro maderas lo que es hoy Carson City, ese día, decíamos, nadie imaginó que Robert se encerraría en la cabina de su avioneta 3 días y 3 noches, quieto en el silencio metálico del hangar, con las manos sobre los mandos y la vista fijada en el horizonte artificial del panel de control, sin comer y apenas beber, sin admitir visitas y mucho menos sugerencias, para al final entregar a la imprenta:

Hay que liberar todos los fluidos, ya sean líquidos o gases, que los humanos hemos ido comprimiendo aquí en la Tierra. Dejar que se expandan. Hay que abrir al mismo tiempo todos los grifos en cada una de nuestras casas, piscinas, pozos, y redes de abastecimiento. Hay que abrir todas las llaves de paso de bombonas de gas, de depósitos de aire comprimido de maquinaria diversa, de neveras, de aires acondicionados, de gases medicinales de hospitales, de ventosidades del estómago, todo. Tarde o temprano ellos mismos lo harán. No tiene ningún sentido continuar poniendo trabas a eso que los cosmólogos llaman Expansión del Universo.

106

No es del todo aconsejable que la cara de la Sábana Santa sea finalmente la de Jesucristo. De ser así, una vez perfectamente escaneada y reconstruida en 3D, el fanatismo religioso, sumado al estético-cirujano, haría que multitud de personas decidieran operarse a fin de tener esa misma cara que es mejor desconocer para que permanezca como un rostro que cambia dentro de cada uno de nuestros rostros y que al mismo tiempo es el mismo rostro. Como un fractal que, en definitiva, se reinventa en la complejidad humana.

"En esta ¿novela? ¿poema? ¿informe?, dejémoslo simplemente en "texto sin glutamatos ni conservantes ni potenciadores del sabor", se renueva el lenguaje agotado de la novela contemporánea. Una maestría de invocación (más que de utilización) de recursos. Un lujo."

J. S. Simpson, *The Daily Economy*

"Pura mística. La cuadratura del círculo. Pitágoras hubiera disfrutado con ella."

H. F. Wood, *New Ideas in Architecture*

"La pedantería más vacua y pretenciosa alcanzan en esta novela su máxima expresión. ¿A quién quiere engañar el autor?"

R. Santos-González, *Revista Clara de Literatura*

"El primer artefacto propiamente del Siglo 21 escrito en lengua española. ¿En qué cajón estaba escondido?"

S. Merz, *Art & Language Today*

"Una tontería. Sólo eso."

Arcadio de Cortázar, *Letras en Plenitud, Buenos Aires Post*

"El gran poema de la armonía subyacente bajo la capa superficial de la cultura establecida. Un Internet portátil. Un calambrazo."

Wang Wei, *Cooking and Taste Bulletin*

"Sin duda, llamada a convertirse en el nuevo icono de la cultura 'indie'."

C. Walker, *Manchester Music*

"Tras leer este texto usted habrá experimentado la petulancia del autor resuelta en un manojo de harapos pasados por una túrmix y servidos en plato de plástico no reciclable."

Ignacio Foix-Salat, *El Hilo de La Tinta*

"De repente todas las novelas han envejecido 50 años. No podremos volver a mirar atrás de la misma manera después de leerla."

J. Hankel, *Microcomputer Studies and Art*

108

Linda y John acaban de casarse en Reno, ella lleva un vestido corto de pequeñas flores y él una camisa tejana sin lazo. 1982. En ese momento la estación espacial rusa Kirchoff se desvía de su órbita y al único astronauta que la tripula lo dan por muerto en vida. Como extra, Linda y John se proponen ir a Las Vegas. Jamás lo hubieran imaginado. No son jugadores. Él adquiere un coche en la compra-venta que hay justo frente al juzgado mientras ella va al supermercado de al lado a por algo de comida y unas latas de 7-Up. Conduce Linda. Deglute el paisaje con la vista, excitada ante tanta incertidumbre que gira en torno a 2 anillos. Su hombre duerme, e imagina que es un peluche. Nada más llegar a la ciudad, buscan hospedería y sin comer ni nada ya bajan al casino que hay en la primera planta. En la misma entrada, mucho antes de los juegos de mesa y los reservados de película, una fila inmensa de tragaperras de telefilme la esperan a ella, que comienza a cambiar monedas y a jugárselas mientras John, más cauto, le dice que lo deje, que ya habrá tiempo. Tras las típicas subidas y bajadas de suerte, esos *looping* que los matemáticos tienen de sobra estudiados, ella pierde la totalidad del dinero que lleva en

el bolso, que incluye una parte importante de los aho-
rros de ambos. Se montan en el coche, él le abronca, y
ya no se hablan. Van sin rumbo. Entran en el desierto a
través de la US50. De pronto John, que ahora conduce,
ve un árbol, y gira hasta que detiene el coche bajo sus
ramas. Ella sale dando un portazo y se sienta con la
espalda contra el tronco. Mira las ramas, el árbol está
limpio, sin nidos ni aves y cargado de hojas; piensa ya
con nostalgia en el arroz que les tiraron unos contrata-
dos a la salida del juzgado. Se desata los zapatos y los
pone a un lado. A John, que está de pie, el desierto que
se extiende más allá del cerco de la sombra se le figura
la representación exacta del futuro que les espera.
Comienza a reprender de nuevo a Linda con tal energía
que ella le amenaza con regresar a pie a Utah. Entonces
él le dice que si quiere regresar tendrá que hacerlo descalza, y le coge los zapatos. Ya me dirás qué vas a hacer
con ellos, ¿quemarlos?, dice Linda. John los une atando
los cordones, y tomando impulso como si volteara una
honda los lanza a la copa del árbol, donde quedan pren-
didos. Linda abre la boca y así la deja. John arranca el
coche y se va en dirección a Carson City. Por el retrovisor ve empequeñecerse la silueta de Linda y la del par de
zapatos, aún penduleando en lo más alto. No siente
pena.

A 50 años luz de distancia de la Tierra, en la constelación de Centauro se halla el diamante más grande jamás visto. Se trata de la estrella BPM37093, una *enana blanca* cristalizada, el último estadio al que están condenadas las estrellas de dimensiones parecidas al Sol después de consumir en reacciones nucleares todo su helio e hidrógeno. Dentro de 5.000 millones de años nuestro sol se convertirá en una enana blanca que tras 2.000 millones de años más morirá en forma de otro gigantesco diamante en el corazón de nuestra galaxia. Nadie podrá ver su brillo latir. También todos estaremos muertos.

El día que el interventor del banco, que trabajaba en el periódico local, le encargó a Robert, habida cuenta de su procedencia de la clase culta londinense, que escribiera una pequeña reseña laudatoria sobre la reciente construcción del nuevo campanario de la iglesia de Carson City, sobre los orígenes del estilo local ahí reflejados, las posibles influencias recibidas de la arquitectura contemporánea, los mecanismos de perfecta ingeniería que había tras el inmenso reloj de agujas de neón, la tradicional sustentación del mismo por pilares apoyados en el tambor, los tonos pastel de las cuatro caras, y el pararrayos radiactivo que la culminaba emitiendo partículas alfa a tal efecto coloreadas, ese día, decíamos, nadie supuso que Robert se encerraría en la cabina de su avioneta 3 días y 3 noches, quieto en el silencio metálico del hangar, con las manos sobre los mandos y la vista fijada en el horizonte artificial del panel de control, sin comer y apenas beber, sin admitir visitas y mucho menos sugerencias, para al final no entregar nada a la imprenta, y dirigirse directamente a su ventanilla del banco y decirle al primer cliente de la mañana:

Es cierto, hay algo más terrible que la muerte de una esposa: la carretera de línea discontinua que penetra en un pantano hacia un pueblo sumergido. [PAUSA] La rebaba que dibuja el agua donde termina el asfalto.

No es que el evento posea certeza alguna o clave de una ley universal, de hecho, es un acontecimiento que nunca saldrá en los libros de historia, es solamente la sensación sin probabilidad de equivocación de que en ese momento el mundo no cambió nada, y que en eso consiste la esterilidad humana.

111

En esta situación se produce el Efecto-Kuleshov, un experimento de montaje cinematográfico al que el nombre del director se ligó de manera casi exclusiva. Se trataba de una serie de tres breves secuencias, donde el mismo primer plano del actor Mozzuchin era unido, respectivamente, a los planos de un plato de sopa, una mujer muerta, y un niño que juega. El efecto producido en el espectador era el de una alteración en la expresión del actor, en realidad idéntica a sí misma; hambre, dolor y ternura eran reconocidos en aquel rostro impasible, según el contexto. El resultado del experimento era el reconocimiento y la confirmación del "enorme poder del montaje". Los años que van de 1918 a 1920 constituyen un periodo de actividad intensa y variada para el director. Aplicando el método científico a la práctica cinematográfica, funda la identidad del cine en el principio de la yuxtaposición de dos imágenes y permite el *desarrollo* de un *arte nuevo*.

Silvestra Mariniello

Entonces John entró en el primer bar de carretera que encontró, cerca ya de Carson City. Fredda le fue sirviendo cuantas cervezas le pidió hasta que le dijo, ¿No cree que es muy temprano para beber de esta manera? Y él rompe a llorar y confiesa que acaba de dejar a su esposa tirada en mitad de la carretera debajo de un árbol y sin zapatos. Fredda, acostumbrada a tragedias borracheras, intenta convencerle para que vuelva, ¡Si ya empezáis así, qué va a ser de vosotros! Y John va de vuelta con una botella de agua y algo de comer. Cuando llega la encuentra medio dormida. La despierta, parece debilitada, le pide perdón y le da el agua y los alimentos. Ella promete no volver a jugar así a las tragaperras ni a nada, y él a no abandonarla jamás. Si tú estás ahora sin zapatos, le dice él, yo también debo estarlo. Se descalza y los tira al árbol. Esos 2 primeros pares ya nunca bajarían. Linda y John fundaron la felicidad de su relación en ritos simples pero duraderos, así que a los 2 años regresaron: habían tenido su primer hijo y querían tirarle sus primeras botas también a la copa del álamo. A medida que se acercan ven multitud de pares colgando. Se quedan sin habla.

¡Qué pasa Kenny!, oyó a su espalda justo antes de notar una palmada en el hombro. Visiblemente incomodado, Kenny le devolvió el saludo con un simple, Hola, levantándose del banco en el que leía el periódico; no recordaba su nombre. ¿No te acuerdas de mí? ¡Josep, hombre Josep! Sí claro, cómo iba a olvidarte, aclaró tranquilamente. Ya te dije que en 35 días estaría aquí y aquí estoy, una visitita, venga, ¿has comido? Te invito a algo, ¡coño, zapatos nuevos! Qué bien vives aquí, cabrón, pero qué bien vives, ahora te entiendo (jodida inmigración, dijo en voz baja). Pidieron dos platos combinados; los camareros se sorprendieron de ver a Kenny acompañado. Qué tal el viaje, preguntó éste lacónicamente. Muy bien, bueno, no tan bien, pero todo se irá solucionando, los chinos son muy puñeteros, ¿sabes? Oye, ¿te acuerdas que te dije que te contaría una buena historia?, una historia de verdad, una de esas que sería posible escribir. Sí, claro, me acuerdo. ¿Quieres que te la cuente? Verás, ¡es real, eh, me pasó a mí! Porque la que te conté el otro día no te la creerías, ¿no? Bueno, era verdad a medias, es cierto que hice las tapas de alcantarilla para Carson City, pero no tenían ni árboles ni puñetas, la historia se me ocurrió cuando en una carretera cercana, porque aproveché para hacer turismo y llevarle unas cuantas tonterías a la mujer y a los chavales, vi un árbol lleno de zapatos, ahí me di cuenta de cómo es ese país, en nada de lo que hacen van de broma, pero te la tragaste ¿eh? No, no me la creí (contesta Kenny en seco). Qué listo eres cabrón, pero ésta sí que es real, palabra de honor, ¿te crees que si no lo fuera iba a venir *ex profeso* a contártela? Seguro que tú, algún día, con todas las historias que te cuenta la gente, vas y las escribes, si no, de qué vas a vivir cuando seas viejo, ¿eh? Aunque, como te dije, mis padres son catalanes de pura cepa, y yo y mis hijos ya ni te digo, mis abuelos eran de un pueblo de León, la ciudad de las tapas de alcantarilla de la que te hablé el otro día, sí hombre, la secretamente hermanada con Hong-Kong, ya sabes, y en los años 1968 y 69, nos fuimos vivir a ese pueblo, a la casa de mis abuelos, porque la economía andaba mal, y porque mis abuelos no terminaban de integrarse en Barcelona, por lo del idioma y, bueno, cosas que no hacen al caso, el asunto es que este pueblo de montaña quedaba a desmano de todas partes desde que habían desviado, allá por el 55, la carretera para construir una nueva que ya pasaba bastante lejos, aunque de todas formas había aún muchas casas abiertas y las calles estaban llenas de niños. Una tarde, lo recuerdo muy bien, una de ésas de calor en las que ni un alma anda por la calle, llegó un coche muy aparente, un Dodge negro, y aparcó en la plaza, junto al ayuntamiento, y claro, la gente lo observó a través de las persianas, esas que no te ven desde fuera aunque tú sí veas desde dentro, entonces del coche salió un tipo alto y flaco, vestido con un traje oscuro, precisamente de un color parecido a este mío, y se dirigió directamente al ayuntamiento; al alcalde lo pilló roncando, según contaron. El caso es que este hombre era un enviado del Gobierno, o algo así, cuya misión consistía en estar ahí ese gran día porque, como de ahí a un mes el ser humano llegaría a la luna, el pueblo había sido elegido para acometer en él una serie de pruebas importantes en materia de seguridad de Estado, pruebas que no desveló. Así que el alcalde lo dispuso todo, corrió con todos los gastos, y lo hospedó en la pensión Fondita, la única que quedaba tras que, como te dije, se desviara la carretera allá por el 55. Y el fulano allí se fue; le dieron la mejor habitación. Yo tenía 8 años y, como puedes imaginar, a los niños la llegada de ese personaje nos tenía más intrigados que cualquier otra cosa, allí no había más diversión para nosotros que la radio, el río y las apuestas de a ver cuándo llegarían al pueblo los caramelos Sugus, de los que teníamos conocimiento por un emigrado que mandaba cartas desde Madrid y nos contaba que se deshacían en la boca con sabor a frutas tropicales, así que a partir de ese momento se acabó el cazar mirlos, el bañarse en el río, escuchar la radio y soñar con los Sugus, porque toda nuestra concentración la sumía aquel tipo. Y la suerte era que el hijo de Sabina, la dueña de la fonda, hacía de correa de transmisión y nos contaba que el hombre estaba todo el día en su habitación, como un asceta de esos, que el desayuno y la comida la mandaba servir también en la habitación, en la que no paraban de oírse ruidos como de máquinas de calcular de aquellas grandes que había antes, y que sólo salía por la noche, a la hora de la cena, cuando bajaba al comedor, bien vestido, eh, con traje y todo, se sentaba aparte, no hablaba con nadie y siempre pedía lo mismo, huevos fritos con chorizo, medio litro de vino y flan de postre, para después regresar a la habitación. Y así un día tras otro. Pero tan intrigados nos tenía a los niños que una noche decidimos hacer una torre humana para que alguno se encaramara a la ventana de la habitación a ver qué se veía, así que tras echarlo a suertes, unos sobre los hombros de los otros, subimos a Sebito, quien, por cierto, después, con los años, fue alcalde, y sólo pudo ver unos pocos segundos lo que se cocía allí dentro porque las piernas flaquearon y nos vinimos abajo, pero aseguró que había algo así como una gran bolsa llena de pequeños dados de colores, imagínate, la intriga fue en aumento, y bien, resumo, hasta que por fin llega el día señalado, y como allí aún no había llegado la tele, pusieron en la plaza una megafonía que estaba directamente conectada a la radio para que así todo el pueblo pudiera disfrutar en reunión de la llegada del hombre a la luna; por su parte, el forastero dijo que para el estudio que tenía que realizar no necesitaba cosa especial alguna, que él ya lo traía todo. Imagínate, allí nos tienes a todo el pueblo esperando, y el locutor radiando a todo meter, y el del Gobierno que no llega y que hay que enviar para que lo avisen, y allá va Sebito corriendo y antes de llegar a la fonda se cae y se hace sangre. Hasta que por fin salió. Avanzó por la plaza con paso seguro, impresionaba, sabes, impresionaba, su traje impecable, sus botas brillantes, pero de vacío, sí, como lo oyes, de vacío, y se coloca en mitad de la plaza, y se hace un silencio que imagínate, y además se forma un corro en torno a él, y él pide que no cierren el círculo, que necesita una abertura al menos, y hurga en el bolsillo y extrae de una caja como de plomo o metálica, no sé, una bolita, una pequeña bola del tamaño de una canica, de cristal oscuro, y hace un círculo con una tiza en el suelo y con sumo cuidado la posa justo en el centro, y el locutor que seguía dándole, y la gente que comenzaba a murmurar y el alcalde que manda callar, imagínate, impresionante, y cuando el locutor dice que el pie de Armstrong está a punto de tocar luna, el tipo concentra su mirada en la bolita, nunca había visto unos ojos tan penetrantes, te lo juro, pensé en ese momento que debía venir de cenar porque le vi en los labios el amarillo del chorizo, te juro que lo vi, y entonces finalmente el locutor lo anuncia, Armstrong acaba de pisar la Luna, y el hombre levanta la mirada al cielo, se remanga, extiende los brazos y dice, ¡Ufff, salvados! ¡La bolita ni se ha movido, tienen ustedes un pueblo muy seguro! Los niños corrimos detrás del coche tirándole piedras mientras él nos lanzaba por la ventanilla caramelos Sugus que extraía a puñados de una gran bolsa, hasta que dejamos de oír sus potentes carcajadas.

CRÉDITOS
Origen de las citas usadas, por orden de aparición

- B. Jack Copeland & Diane Proudfoot, *Un Alan Turing desconocido*, Scientific American, ISSN 1135-5662
- F. G. Healt, *Los orígenes de código binario*, Scientific American, ISSN 1135-5662
- Luis Arroyo, *Realidad Virtual*, ed. Espasa, ISBN 84-239-9761-8
- Jérome Segal, *La geometría de la información*, Scientific American, ISSN 1135-5662
- Richard P. Feynman, *¿Está Ud. de broma, Sr. Feynman?* Alianza Editorial, ISBN 84-206-9547-5
- Thomas Bernhard, *Corrección*, Alianza Editorial, ISBN 84-206-9547-5
- Jacob D. Bekenstein, *La información en el universo informático*, Scientific American, ISSN 1135-5662
- Anthony Acampora, *Láser en el kilómetro final*, Scientific American, ISSN 1135-5662
- Daniel Arijon, *Gramática del lenguaje audiovisual*, Escuela de Cine y Vídeo, ISBN 84-86435-48-X
- François Cheng, *El libro del Zen de Zhuangzi*, ed. Siruela, ISBN 84-7844-769-5
- Mark Dery, *Velocidad de escape*, ed. Siruela, ISBN 84-7844-396-7
- Jeff Rothenberg, *¿Son perdurables los documentos digitales?*, Scientific American, ISSN 1135-5662
- Félix de Azúa, diario *El País*, 10-08-2004
- P. R. Zimmermann, *Criptografía para Internet*, Scientific American, ISSN 1135-5662

-*Artforum*, Revista de Arte, diciembre de 1966, New York.
-Martin Cooper, *Antenas adaptables*, Scientific American, ISSN 1135-5662
-Greil Marcus, *Rastros de carmín*, ed. Anagrama, ISBN 84-339-1365-4
-Eddie Prévost, *Cometer todos los errores adecuados*, revista *Zehar*, nº53, Arteleku, ISSN 1133-844 X
-Ignacio Aparicio, *Las construcciones de la arquitectura*, ed. Espasa, ISBN 84-239-9761-8
-Silvestra Mariniello, *El cine y el fin del arte*, ed. Cátedra, ISBN 84-376-1069-9

También se han manejado diferentes artículos de *The New York Times*.

El resto de referencias, ya sean de origen papel o páginas web, aparecen completas y con suficiente claridad a lo largo del texto.

Aunque, como sabemos, cuanto existe está hecho de ficción, algunas historias y personajes han sido directamente extraídos de esa "ficción colectiva" a la que comúnmente llamamos "realidad". El resto, de aquella otra "ficción personal" a la que solemos denominar "imaginación". Así, el lector habrá encontrado biografías reales y públicas desviadas del original, y biografías ficticias que han ido a converger al cauce de otras reales, componiéndose de esta manera la "docuficción" en la que viene a constituirse *Nocilla Dream*.

Nocilla Dream, cuyo arranque surge de la conjunción de la lectura del artículo *El árbol generoso* (de Charlie LeDuff, *The New York Times*, 10-06-2004), con el fortuito hallazgo, en un sobre de un azucarillo de un restaurante chino, del verso de Yeats, *Todo ha cambiado, cambió por completo/ una belleza terrible ha nacido*, y la también fortuita reaudición ese mismo día de la canción *¡Nocilla, qué merendilla!* de Siniestro Total (DRO, Discos Radiactivos Organizados, 1982), fue escrito entre los días 11 de junio y 10 de septiembre de 2004 en las ciudades de Bangkok y Palma de Mallorca.

El así denominado *Proyecto Nocilla*, constituido por *Nocilla Dream* y las sucesivas *Nocilla Experience* y *Nocilla Lab*, responde a la traslación de ciertos aspectos de la poesía postpoética al ámbito de la narrativa.

AGRADECIMIENTOS:
A estos amigos del ámbito literario,

Marta Agudo, Horacio Alba, Mihály Dés, Jordi Doce, Antonio Gamoneda, Pablo García Casado, Sergio Gaspar, Tomás Graves, Ricardo Hernández Bravo, Máximo Hernández, Xisco Juan, Pere Joan, Eduardo Moga, Vicente Luis Mora, Juan Ramón Ortega, Antonio Pastor, José María Paz Gago, María Ángeles Pérez López, Ángel Luis Prieto de Paula, Salvador Ramos Rey, Manuel de Saa, Tomás Sánchez Santiago, Vicente Valero, José Vidal Valicourt, Darío Villanueva, Carlos Vitale, Jorge Zentner, ya que cada uno a su manera, desinteresadamente, y en diferentes momentos de mi trayectoria literaria, han alentado decisivamente mis proyectos ayudándome a llegar hasta aquí.

Un agradecimiento especial para David Torres, Román Piña, Rafael Reig y Javier Suárez Fernández, primeros lectores de esta novela, y que mostraron en todo momento una incalculable fe en ella. También a los editores, Paco y Olga, quienes han confiado en esta aventura nocillera, así como a Juan Bonilla por su entusiasmo y el prólogo.

DEDICATORIA:

A Aina Lorente Solivellas, sin quien este libro no hubiera sido posible.

Este libro se terminó de imprimir en
el mes de mayo de 2010
en los talleres de Romanyà-Valls
Capellades (Barcelona)